MW01363638

Ce roman est paru au Royaume-Uni dans son édition originale sous le titre
Cat and The Stinkwater War, chez Macmillan Children's Books, Londres.

Conforme à la loi n° 49956 du 16 juillet 1949
sur les publications destinées à la jeunesse
ISBN 2.09.250549.1

N° éditeur : 10118180 – Dépôt légal : juin 2005
Imprimé en France par Hérissey (Evreux – Eure) en avril 2005 – N° 99068

LA BATAILLE DE LA SARDINE SACRÉE

Kate Saunders

Adaptation de Marie-José Lamorlette

Illustrations de Adam Stower

Eric /
Général Cogneur Duracuire
Beignet / Griffu Chat-Puant
Chouquette /
Gourmandine Goulue
Fifille / Pantéra
Tacha / Jolie-Minette
Grosminet /
Immortel Monte-au-ciel
Jacko /
Commandant Chairapaté
Princesse Bing
Biscuit / Prince Dandy
Hamish / Filou
Démona,
reine des Chanapans
Toutank

Chapitre 1

LA CLÉ DU TEMPLE

Un samedi matin, le facteur remit au père de Tacha une enveloppe molletonnée horriblement sale, couverte d'un tas de fausses adresses rayées et gribouillées. Mr. Williams, qui était en train de prendre son petit déjeuner, l'ouvrit avec son couteau plein de beurre. Il en tomba un petit paquet allongé, une feuille de papier chiffonnée et une carte postale représentant un atroce hôtel moderne quelque part en Égypte.

– Juste ciel ! s'écria-t-il. C'est de ce vieux Chapollion !

– Hein ? Mais le Pr. Chapollion est mort, non ? s'étonna Tacha.

– Bien sûr qu'il est mort, confirma son père. J'ai rédigé un discours pour son éloge funèbre, on n'organise pas ce genre de cérémonie pour des gens qui sont encore vivants. Sa disparition remonte à près de deux ans, ce qui signifie que cette lettre a dû se balader de fausse adresse en fausse adresse depuis tout ce temps. Je suppose qu'il l'a postée juste avant… avant…

– Que le crocodile le mange, acheva Tacha pour lui.

Mr. Williams tressaillit.

– On n'a jamais eu la certitude qu'il ait péri de cette façon. Aucune trace de lui n'a été retrouvée, à part un tas de vêtements.

Il secoua la tête.

– Pauvre vieux bonhomme…, marmonna-t-il en dépliant la feuille de papier. Il n'avait plus toute sa tête, à la fin.

La feuille était couverte de dessins minuscules et de lignes enchevêtrées.

– Eh bien ! Pour une surprise, c'est une surprise ! reprit Mr. Williams. Il m'a envoyé sa précieuse carte ! Celle qui devait le conduire au temple de Pahnkh, il le jurait sur ses grands dieux.

Le Pr. Chapollion était, comme lui, un archéologue qui s'intéressait tout spécialement à l'Égypte ancienne. Deux fois par an (jusqu'au tragique incident dû ou non à un crocodile), ils partaient ensemble en Égypte pour y faire des fouilles et découvrir d'antiques trésors.

– Cette carte était l'œuvre de sa vie, murmura tristement le père de Tacha. Quel dommage qu'il ait gaspillé sa remarquable intelligence à de telles sottises… Il croyait dur comme fer à la légende de Pahnkh.

– La légende de quoi ?

Malgré sa perplexité, Mr. Williams sourit. Il ne pouvait jamais s'en empêcher quand il abordait ce sujet.

– C'est une histoire complètement loufoque qui remonte à la nuit des temps, bien avant les grands pharaons, les pyramides et le sphinx, expliqua-t-il. Dès que ce pauvre Chapollion l'a entendue, il n'a plus pensé qu'à ça. Autrefois, prétend cette légende, le pays que nous nommons Égypte était gouverné par un dieu très puissant appelé Pahnkh, P-a-h-n-k-h. Ce Pahnkh possédait dans les environs de l'ancienne Thèbes un temple magnifique empli de richesses. Il était doté de grands pouvoirs, mais, finalement, les humains se sont tournés vers des dieux encore plus puissants que lui. Ils ont oublié Pahnkh, qui a été ruiné. C'est ce que raconte l'histoire, en tout cas.

– Il ressemblait à quoi, ce Pahnkh ? demanda Tacha.

– C'était un chat.

– Un chat ?

– Oui. Un chat noir, d'après la légende, raison pour laquelle les Égyptiens auraient considéré tous les chats comme des animaux sacrés par la suite. Mais ce ne sont que des bêtises, évidemment. Je me demande bien pourquoi ce cher vieux Chapollion est allé croire des idioties pareilles, ajouta-t-il, pensif. Je te l'ai dit, il devenait bizarre. Lors de notre dernière fouille, il a troqué toutes nos boîtes de conserve et tous nos sachets de thé contre une vilaine gravure qui représentait Pahnkh jonglant avec le Soleil et la Lune. Une horreur – on aurait dit une réclame vantant de la pâtée pour chats.

Il prit le petit paquet, mince et dur, et déchira le papier marron qui l'enveloppait. À l'intérieur se trouvait un morceau de pierre blanche, qui ressemblait à une brique miniature.

– De mieux en mieux…, commenta-t-il en mordant dans un toast. Pourquoi diable m'a-t-il envoyé ça ?

Il se saisit de la carte postale et lut à haute voix le texte griffonné derrière, d'une écriture large et désordonnée :

– « *Mon cher Julian, mon temps est compté et je ne peux plus attendre. Aujourd'hui, enfin, je vais tout savoir ! Toutefois, si quelque chose m'arrivait, j'ai laissé des instructions pour que l'on vous envoie ma carte et mon morceau d'albâtre. Si vous lisez ces mots, je crains donc de ne plus être en vie. Prenez grand soin de cette pierre, c'est l'une des deux clés du temple de Pahnkh. Trouvez l'autre… et vous pourrez pénétrer dans la chambre secrète, la chambre de l'Or. Bonne chasse ! Chapollion. »*

– Le professeur savait-il qu'il allait mourir ? demanda Tacha intriguée.

– Bien sûr que non, voyons !

– Alors pourquoi a-t-il écrit que son temps était compté ?

Mr. Williams soupira.

– Il avait dû épuisé tout son argent, ce qui l'a poussé à risquer le tout pour le tout, apparemment. Et il a pris la précaution de me charger de la suite, c'est-à-dire de chercher un temple qui n'existe même pas, selon toute vraisemblance !

– Oh, papa, pourquoi n'essaierais-tu pas ? s'écria Tacha qui trouvait cette histoire de dieu-chat fascinante.

– Je ne suis pas aussi stupide que j'en ai l'air, répondit son père. Si je demandais des subventions pour financer une expédition pareille, on ne me les accorderait pas – et je serais la risée de toutes les revues d'archéologie européennes sérieuses, par-dessus le marché.

Il renfila la carte dans l'enveloppe molletonnée.

– Veux-tu un autre toast ?

– Oui, s'il te plaît. Je peux donner un bout de saucisse à Eric ?

– Bien sûr.

Tacha coupa un morceau de sa saucisse, en ôta la peau et le laissa tomber par terre près de sa chaise. Eric, le chat de la famille, traversa la pièce en se dandinant pour venir l'examiner. Il avait dix ans, comme Tacha (ce qui est assez âgé pour un chat), et il était plutôt costaud. Son ventre rebondi était blanc, de même que ses grosses vieilles pattes. Le dessus de sa tête, son dos et sa queue étaient tachetés de gris. En fait, ce bon gros Eric n'avait pas grand-chose à voir avec un dieu-chat capable de jongler avec le Soleil.

Tacha prit un autre muffin au chocolat. Ce style de petit déjeuner, délicieux et mauvais pour la santé, n'était autorisé que le samedi matin, quand maman était sortie faire son jogging. Mrs. Williams n'approuvait que la nourriture « saine ». Tous les autres jours, Tacha avait droit à du porridge (arrosé de lait tellement écrémé qu'on aurait dit de l'eau) et à des tartines de pain complet aussi rêches qu'un paillasson. Maman était très contrariée quand son mari laissait leur fille ajouter du sirop d'érable à ses flocons d'avoine. Par chance, c'était lui qui faisait la cuisine, la plupart du temps.

Que deux parents puissent être aussi différents, c'était vraiment stupéfiant, pensait souvent Tacha.

Son père était grassouillet et désordonné au possible ; sa mère, mince et organisée. Ses mots préférés étaient « efficacité » et « motivation ». Bien que Mr. et Mrs. Williams aient raconté des centaines de fois à leur fille comment ils s'étaient rencontrés (papa était tombé accidentellement dans une bouche d'égouts, à l'université de Cambridge, et maman avait appelé les pompiers), cela n'expliquait pas comment des gens aussi opposés avaient pu se marier et fabriquer un enfant.

La mère de Tacha avait des côtés formidables, sans aucun doute. Personne, par exemple, n'était plus doué qu'elle pour organiser les vacances et les excursions. On pouvait compter sur elle pour ne jamais rater un avion, un ferry ou une bretelle de sortie pour le parc d'attractions d'Alton Towers. Et une fois à Alton Towers, il n'y avait qu'à la suivre pour s'embarquer dans les trucs les plus effrayants – contrairement à papa qui avait peur de tout. Mais pour le reste, elle avait tendance à mener la maison comme un camp militaire.

Le problème avec maman, se disait Tacha, c'était qu'elle était trop habituée à être une personne importante. Elle dirigeait les services économiques d'une grande banque de Londres, Prewster, Dingle & Huff, où elle avait trois secrétaires et donnait des ordres toute la journée. Du coup, elle avait du mal à se rappeler que son mari et sa fille ne faisaient pas partie de son « équipe », comme elle disait. Chaque matin, avant de partir travailler, elle leur laissait à chacun une longue liste de choses à faire. Et il devait bien lui arriver, quelquefois, d'avoir envie de les licencier pour manque de « motivation »...

Papa posa une assiette de toasts tout chauds sur la table et reprit la briquette blanche du professeur.

– Pauvre vieux Chapollion, soupira-t-il de nouveau. Un escroc quelconque lui a affirmé un jour que cette pierre était l'une des deux clés du temple. Qu'elle était magique, qu'elle pouvait réaliser des souhaits et je ne sais quoi encore...

Il poussa le morceau d'albâtre vers sa fille.

– Tiens. Prends-la, tu peux la mettre dans ton musée.

– Merci.

Tacha trouvait cette pierre très jolie. Quand elle la prit dans sa main, elle lui parut dure et froide contre sa peau.

– Bien, dit Mr. Williams en arborant sa mine « efficace ». Un dernier toast, pas plus. C'est presque l'heure de ton cours de danse.

– Papa...

– Maman a laissé tes affaires sur ton lit.

– Est-ce que je dois vraiment y aller ? demanda Tacha d'un ton implorant.

Elle détestait la danse classique. Ces leçons

abominables, sa mère en avait eu l'idée pour « rentabiliser » ses samedis matins, quand elle avait juste envie de traîner à la maison.

– Tu ne pourrais pas me permettre de manquer mon cours, juste cette fois ? insista-t-elle. Tu ne pourrais pas faire semblant d'avoir oublié ?

Son père eut bien l'air de compatir, mais il secoua la tête et lui montra la feuille posée près de lui.

– Désolé, ma Minette. Regarde, c'est en tête de ma liste.

Tacha put lire :

JULIAN !

1 – Ne laisse pas Tacha esquiver son cours de danse. Salle municipale à 11 heures.

2 – Désinfecte les brosses des toilettes.

3 – Asperge Eric de poudre anti-puces.

4 – Passe au pressing pour y prendre les vêtements qui sont prêts.

Le père et la fille soupirèrent en chœur. C'était écrit noir sur blanc. Pahnkh lui-même, le dieu-chat qui jonglait avec le Soleil, n'aurait pu s'opposer à l'économiste en chef de Prewster, Dingle & Huff.

– Bon, dit Tacha, son estomac rebondi compressé par la ceinture de son jean. Je monte. Merci pour la pierre.

Alourdie et ramollie par ce copieux petit déjeuner,

elle se traîna jusqu'au premier étage. Avant d'aller courir, sa mère avait déposé sur sa couette son justaucorps, ses collants et ses chaussons. Eric était roulé en une grosse boule fourrée sur le maillot. Tacha grimpa sur son lit et gratta la tête du chat comme il aimait. Il s'étira de tout son long, puis sauta à terre. Elle le suivit des yeux. Elle avait toujours adoré observer Eric, en essayant de deviner ce qui se passait derrière ses gentilles prunelles vertes. Quand elle était toute petite, elle avait essayé de lui apprendre à parler. Sans succès, évidemment. Mais, maintenant encore, elle était certaine qu'il la comprenait.

Le chat se dirigea avec lenteur vers le radiateur et y réchauffa sa langue, avant de lécher son postérieur. Cela fait, il releva la tête et regarda Tacha. Ses joues poilues remontèrent, ses paupières se plissèrent. Il souriait, elle en était sûre. Maman avait beau dire que les chats ne pouvaient pas sourire, Tacha et son père étaient convaincus du contraire. Ils avaient même inventé des noms pour ses différents sourires : le sourire « idiot », le sourire « béat du gentil chat-chat » (une trouvaille de Tacha), le sourire « pervers du méchant matou » (papa). Pour l'instant, gentil et béat, il ronronnait tout ce qu'il savait, accroupi dans sa position de « poulet rôti », une autre invention de Tacha.

– Gentil chat-chat béat, murmura-t-elle. Tu peux

sourire, toi ! Tu n'as pas à passer deux heures de cours de danse avec cette punaise d'Emily Baines.

Emily Baines était dans la classe de Tacha, à l'école primaire de Bagwell Park, et elle habitait la maison d'en face. Deux raisons suffisantes, d'après Mrs. Williams, pour que Tacha et Emily soient de grandes amies. Tacha n'arrivait pas à lui faire comprendre pourquoi c'était impossible. Emily était grande, mince, très jolie – et la meilleure élève de Mrs. Slater. Et comme c'est souvent le cas avec les gens qui se sentent importants, c'était aussi une horrible peste.

Emily avait « sa bande » : cinq filles qui en étaient membres à perpétuité, parce qu'elles étaient ses vraies copines, et d'autres qui étaient quelquefois admises à en faire partie, avant d'être jetées comme des chaussettes sales. Toutes les filles de la classe rêvaient d'être bien vues d'Emily Baines et redoutaient de devenir ses victimes.

Il y en avait trois, cependant, qui n'étaient *jamais*, absolument jamais, invitées dans la bande de ce poison. Il s'agissait de Lucy Church, qui était nouvelle, de Maria Szepinsky, qui ne parlait que le polonais, et de Tacha. Pourquoi Emily avait-elle décidé de détester Tacha ? Peut-être parce qu'elle était la plus facile à embêter. Lucy n'était pas drôle, elle était trop pâle et trop tranquille. Maria, pareil : quoi qu'on lui dise, elle souriait jusqu'aux oreilles et répondait « *Merzi* ».

Il restait donc Tacha, qui devenait rouge comme une tomate dès qu'Emily l'asticotait. Un souffre-douleur de choix !

« Ignore-la », disait papa. Mais Tacha ne pouvait pas ignorer les méchantes plaisanteries d'Emily à propos de ses jambes un peu courtes et de son postérieur rebondi. Elle aurait voulu disparaître sous terre quand son ennemie imitait sa façon de danser dans le dos du professeur. Pourquoi maman refusait-elle de voir qu'Emily était affreuse ? C'était une énorme injustice de l'obliger à passer deux heures avec cette peau de vache chaque samedi matin, alors qu'elle s'efforçait déjà de l'éviter tout le reste de la semaine !

Près du radiateur, Eric s'étira et ouvrit sa gueule rose en l'un de ses bâillements phénoménaux. Il allait passer la fin de la matinée à se promener d'un endroit douillet à un autre, avant de sortir faire un petit tour de jardin pour se mettre en appétit. Toutes ses journées étaient sur ce modèle. Ce serait tellement bien, pensa Tacha, de pouvoir prendre la place de ce paresseux d'Eric un jour au moins…

Poussant un gros soupir, elle glissa la pierre du professeur dans la poche de son jean et se demanda si elle était encore capable d'avaler une brioche avant de filer à son cours de danse.

Chapitre 2

LE COURS DE DANSE

Emily Baines portait un justaucorps rose tout neuf, des collants blancs et des chaussons roses. Sa mère (qui ne travaillait pas et n'existait que pour la servir, apparemment) avait coiffé ses cheveux en un vrai chignon de danseuse. Entourée par sa clique d'admiratrices, elle répétait ses pliés.

Tacha alla se réfugier à l'autre bout du vestiaire. Faire vite, c'était capital. Il fallait qu'elle enfile son justaucorps avant qu'Emily ait le temps de lancer des remarques assassines sur ses sous-vêtements – même si, ce matin-là, elle avait mis un temps fou à choisir sa culotte la moins voyante. Les mains tremblantes, elle arracha son jean et son pull, puis elle s'assit sur le banc pour remonter ses collants blancs sur ses jambes dodues.

À côté d'elle, Lucy Church pliait ses habits avec soin. Elle adressa à Tacha un bref sourire hésitant, en douce, mais détourna les yeux avant que cette dernière ait pu le lui rendre.

Tacha sentit que sa figure se mettait à bouillir. Sans qu'elle sache exactement pourquoi, la vue de Lucy la mettait mal à l'aise, comme si on l'avait surprise en train de faire une mauvaise action. Deux mois plus tôt, Lucy et sa mère s'étaient installées dans le petit appartement du rez-de-jardin juste à côté de la maison des Williams. Toutes les deux étaient menues, timides et avaient toujours l'air triste. Avant, elles habitaient l'une des belles maisons près du Tennis Club et Lucy allait dans une école privée, très chic, où les filles portaient des chapeaux de paille. Puis Mr. et Mrs. Church avaient divorcé et elle était venue à Bagwell Park.

Lucy et Tacha auraient dû être copines, mais c'était à peine si elles avaient échangé un mot depuis qu'elles étaient voisines. Lucy ne faisait jamais d'effort pour parler à Tacha, et elle ignorait toutes les tentatives de celle-ci pour entamer la conversation. Le matin, lorsque les deux filles se rendaient à l'école, Lucy se dépêchait de prendre les devants pour ne pas marcher avec Tacha. C'était vraiment dommage. Tacha aurait adoré avoir une copine à côté de chez elle. Son père était super, d'accord, mais un archéologue chauve ne pouvait remplacer une fille de son âge.

– Oh, regardez Tacha ! gloussa Emily. Elle a mis son justaucorps DEVANT DERRIÈRE !

Toutes les autres filles se tournèrent vers Tacha, qui baissa les yeux sur sa propre personne… et constata qu'elle avait effectivement enfilé son justaucorps à l'envers. Voilà ce qui arrivait quand on voulait aller trop vite. Elle resta figée sur place, sans bouger, comme si cela pouvait la rendre moins visible. De toutes ses forces, elle aurait voulu s'empêcher de devenir écarlate.

– BERK ! renchérit Emily. Le devant s'est enfilé dans la raie de tes grosses fesses ! Il va se perdre dans tous tes boudins, à coup sûr, parce que ce n'est pas ça qui te manque. À partir de maintenant, je vais t'appeler MULTIBOUDINS !

Les autres, sauf Lucy, éclatèrent toutes en rires perçants. Elles faisaient tant de bruit que Mlle Yvonne, la prof de danse, quitta précipitamment la porte de secours où elle fumait une cigarette en cachette pour venir voir ce qui se passait. Elle était française, mince comme un fil, avec des cheveux teints en rouge et un caractère épouvantable. Elle estimait que donner des cours dans une salle municipale n'était pas digne d'elle et elle ne s'en cachait pas.

– Arrête de faire l'imbécile, Tacha ! lâcha-t-elle d'un ton sec. Et vous autres, remuez-vous ! On m'attend pour déjeuner à une heure et quart.

Les rires se changèrent en gloussements épars, puis cessèrent. En un joyeux tumulte, les élèves se pressèrent vers les portes battantes pour gagner la salle.

Tacha, aussi immobile qu'une statue, se mordait l'intérieur des joues afin de retenir les larmes qui lui piquaient les yeux. Elle détestait Emily. Elle les détestait toutes. Quelques filles la bousculèrent au passage, en ricanant et en sifflant entre leurs dents : « Multi-boudins ! »

Restée seule dans le vestiaire, au milieu des sacs à dos et des vêtements en tas, elle se rassit sur le banc. Elle tenait à la main la pierre blanche du professeur, qu'elle s'apprêtait à ranger dans son sac quand cette vipère d'Emily avait frappé. Elle la serra très fort. D'une certaine manière, ses arêtes fines et dures la réconfortaient.

Dès qu'elle rejoindrait le cours, les moqueries reprendraient, elle le savait. Pas fort, bien sûr, à cause du mauvais caractère de Mlle Yvonne. Mais elle imaginait déjà les rires étouffés et les chuchotements railleurs, pendant que la prof crierait : « En CINQUIÈME ! Deux, trois. DEMI-PLIÉ, deux, trois.

VOS BRAS ! Deux, trois… »

Une larme s'échappa et roula le long de son nez. Elle tomba sur la pierre du professeur, où elle resta perchée telle une perle transparente. Ce truc-là passait pour être magique et pour avoir le pouvoir d'exaucer les souhaits, se souvint-elle. Son père l'avait dit.

Je voudrais qu'Emily ait d'énormes fesses tremblantes comme un paquet de gelée ! se dit-elle méchamment. Elle se représenta son ennemie hurlant d'horreur en sentant un postérieur monumental lui pousser en bas du dos. Et elle en resterait affublée pour TOUJOURS, car il repousserait chaque fois qu'elle essaierait de s'en débarrasser !

Cette pensée remonta un peu le moral de Tacha. Alors, bizarrement, peut-être parce qu'elle songeait au pauvre Pr. Chapollion et à sa quête du dieu-chat, elle vit l'image d'Eric se former dans son esprit. Le bon vieux matou souriait, ses prunelles vertes paisibles et amicales.

Et puis, soudain, la figure d'Eric se brouilla et fut remplacée par celle d'un autre chat, un chat noir dont les yeux jaunes étincelaient comme des torches électriques. Qui était cet animal ? Tacha ferma les paupières – et la tête du chat inconnu parut emplir la sienne. L'éclat de ses prunelles augmenta encore. Au fur et à mesure qu'il devenait plus brillant, il semblait réduire en cendres le chagrin de Tacha et la pénétrer d'un étrange pouvoir.

Elle remua les lèvres et entendit sa propre voix déclarer dans sa tête : « Par le pouvoir du temple, je veux devenir une disciple de Pahnkh ! »

Sa poitrine se contracta comme si une main s'était glissée à l'intérieur et lui pressait le cœur. Elle retint son souffle. Des picotements parcouraient ses bras et ses jambes. Elle sentit son dos s'étirer et s'arrondir. Puis elle se mit à diminuer, à diminuer toujours plus, jusqu'à ce que ses collants et son justaucorps s'affalent en tas autour d'elle. La pierre du professeur, qu'elle tenait encore, devint chaude, très chaude, et enfin si brûlante qu'elle la lâcha en poussant un cri – un cri qui sortit de sa gorge sous la forme d'un long miaulement rauque.

Une chose pareille ne pouvait pas lui arriver !

Tacha s'effondra dans les plis lâches de son justaucorps. Il lui semblait qu'elle avait été transportée sur des kilomètres et des kilomètres par un vent violent. Elle était toute petite, elle le savait : autour d'elle, le vestiaire était devenu une sorte de caverne gigantesque jonchée d'énormes tas informes. Et tout était nimbé d'une couleur bleuâtre, comme dans une mauvaise cassette vidéo.

Mais qu'elle y voie moins bien que d'habitude importait peu, elle s'en rendit compte tout de suite : ses oreilles étaient devenues si sensibles qu'elle percevait une foule de bruits nouveaux – des frôlements sourds qui montaient du plancher, des chuchotements qu'elle comprenait à moitié, des murmures, des petits cris, des gazouillis, des couinements… Un vrai carnaval sonore !

Normalement, pendant le cours de danse, on entendait seulement la musique hachée d'un piano enregistrée sur le magnétophone de Mlle Yvonne et la voix stridente de la prof. Tacha entendait toujours ces choses-là, mais à présent elles lui paraissaient lointaines, sans importance. L'oiseau qui gazouillait derrière la fenêtre était bien plus intéressant ! Son chant lui donna soudain une faim de loup, ce qui la rendit furieuse. Cet idiot d'oiseau m'horripile ! pensa-t-elle avec colère. Il est trop appétissant !

Et que dire des ODEURS ! Alors qu'elle tournait la tête, celles-ci l'assaillirent en vrac, si présentes qu'elles paraissaient vivantes. Elle distingua l'odeur d'Emily Baines sur son survêtement rose – et eut la stupeur de sentir tous ses poils se hérisser. Son dos s'arqua, sa bouche s'ouvrit toute grande et un miaulement féroce résonna dans la pièce.

Il y avait un chat dans le vestiaire. Et ce chat… c'était elle.

Elle tendit la main – et vit une gracieuse petite patte orangée. Il y avait encore des pensées humaines dans sa tête, s'avisa-t-elle, mais c'était comme si elles étaient ramassées dans un coin. Et plus ça allait, plus elles se mélangeaient à des pensées de chat. C'était incroyable. À quoi ressemblait-elle ?

Le seul miroir disponible, accroché au-dessus du lavabo, était bien trop haut pour elle – mais pas pour ses pattes, aussi souples et fortes que des ressorts. En un bond gracieux, elle se retrouva perchée sur le bord étroit du lavabo, parfaitement à l'aise, telle une danseuse de corde dans un cirque.

Elle aperçut alors, dans la glace, une jolie petite chatte rousse au pelage brillant, dotée de deux grands yeux du plus beau vert émeraude. Son cou tigré gardait encore la rondeur potelée et veloutée d'un chaton, mais ses pattes et sa queue étaient longues et minces. Elle s'était souvent demandé à quoi servait la queue des chats, et quel effet cela devait faire d'en avoir une. Elle était fixée, à présent : c'était comme si elle disposait d'un balancier parfaitement au point pour l'aider à conserver son équilibre.

Elle était vraiment adorable. En fille, elle n'était pas trop mal, avec ses cheveux châtains ondulés et ses yeux noisette. Un peu trop dodue, d'accord, mais quand même assez jolie – sans plus. Alors qu'en chatte, elle n'avait vraiment rien d'ordinaire ! La ravissante créature au pelage cuivre et blanc qu'elle apercevait dans le miroir la comblait. Les chattes rousses tigrées étaient très rares, elle l'avait entendu dire, et elle se sentait fière d'être aussi spéciale. Pour la première fois de sa vie, elle découvrait ce que c'était que d'être « une vraie beauté ». Elle en poussa un cri de joie (un « miaou » grave et harmonieux) et sauta à bas du lavabo pour atterrir en douceur sur le sac à dos de Lucy.

Cette expérience était FANTASTIQUE. Combien d'humains avaient la chance extraordinaire de pouvoir se mettre en vacances de leur vieux corps trop lourd et de faire des choses dont leurs jambes et leurs bras maladroits n'auraient jamais osé rêver ? Tacha-la-chatte se mit à bondir, à sauter, à exécuter des pirouettes, enchantée par sa légèreté et sa liberté de mouvements. Elle courut comme une folle autour du vestiaire, s'élança dans les airs pour courir d'un portemanteau à un autre ; de là, ravie de son audace, elle s'amusa à plonger dans le vide, visant les tas de vêtements qui l'accueillaient tels des matelas moelleux. Elle découvrit encore qu'elle pouvait étirer et ramasser son corps souple à la manière d'un accordéon. C'était génial ! Être un chat était vraiment aussi magnifique qu'elle se l'était imaginé.

Elle continua ses acrobaties jusqu'à en perdre le souffle. Alors, elle s'assit pour réfléchir – et, avant de se rendre compte de ce qu'elle faisait, elle écarta ses petites griffes acérées afin de se nettoyer les pattes de sa langue rose, aussi râpeuse que du papier de verre.

Une fois le premier émerveillement passé, cependant, elle commença à s'inquiéter. Même si elle avait su comment procéder pour utiliser à rebours la pierre magique du professeur (ce dont elle n'avait aucune idée), celle-ci était tombée au fond de son sac à dos, au milieu de paquets de chips entamés et de papiers de bonbons. Elle enfila sa petite tête rousse dans l'ouverture, renifla – et plissa le museau, choquée par l'odeur épouvantable d'une peau de banane qu'elle avait oublié de jeter la veille.

Dans la salle voisine, la musique s'arrêta. La voix acerbe de Mlle Yvonne retentit :

– Qu'est-ce que Tacha Williams peut bien fabriquer ? Tacha !!!

Tacha entendit la porte du vestiaire qui s'ouvrait en grinçant. Elle essaya de s'enfiler complètement dans le sac pour se cacher, mais, chatte ou pas, elle fut trahie une fois de plus… par son derrière. Elle glapit quand elle sentit les doigts de la prof de danse se refermer sur son dos.

– Comment es-tu entrée, toi ? marmonna Mlle Yvonne.

Tacha se trémoussa tant et si bien qu'elle parvint à lui échapper. Les vilains chaussons à pointes de la prof, au bout sale et usé, la dominaient tels deux gros canots pneumatiques. Puis la montagne de chair qui les surplombait se courba… et Tacha-la-chatte fit la désagréable expérience d'être soulevée de terre et tenue en l'air. Elle mesura alors à quel point elle était légère, minuscule… et sans défense. Les humains étaient dangereux. Mlle Yvonne avait beau être tout à fait gentille, en cet instant elle sentait la menace. Tacha se tortilla de nouveau, alarmée, mais l'emprise de sa ravisseuse se raffermit. La prof de danse se mit à rire et retourna dans la salle.

– Regardez ce que j'ai trouvé ! s'exclama-t-elle. Cette jeune demoiselle appartient-elle à l'une de vous ?

Immédiatement, une meute de vingt-cinq filles s'abattit sur Tacha avec des roucoulements assourdissants :

– Qu'elle est MIGNONNE !

– Un vrai petit AMOUR !

– Est-ce que je peux la prendre ?

– Moi d'abord ! Moi d'abord !

Tacha-la-chatte tremblait de tous ses membres. Elles étaient trop nombreuses. Trop géantes. Elles dégageaient trop d'odeurs compliquées. Leurs grandes mains qui remuaient sans arrêt la bousculaient. Elle se blottit contre la poitrine osseuse de Mlle Yvonne.

– Reculez-vous, dit la prof. Je crois qu'elle est effrayée.

Dans cette jungle d'odeurs étrangères, Tacha en distingua soudain une qui lui parut rassurante. Elle bondit à l'aveuglette dans cette direction – et la partie humaine de son cerveau se rendit compte qu'elle était en train de sauter dans les bras de Lucy Church. Oui, Lucy avait une bonne odeur, chaude et amicale. Ses mains étaient douces et caressantes. Le petit corps de Tacha-la-chatte se détendit et se gonfla d'un ronronnement soulagé.

– On dirait que tu lui plais, constata Mlle Yvonne qui souriait, pour une fois, et semblait avoir complètement oublié son élève manquante.

– J'ai une chatte, répondit Lucy d'une voix timide. Elle a peut-être senti son odeur sur moi, ça l'a mise en confiance.

– Oui, c'est sûrement ça, intervint l'horrible voix prétentieuse d'Emily Baines. Donne-la moi : l'odeur de mon petit Beignet chéri devrait lui plaire encore plus.

Lucy n'avait pas envie de lâcher la jolie petite chatte rousse, mais Emily s'attendait à être obéie. Tacha vit une paire de mains géantes fondre sur elle, avec des doigts tendus qui ressemblaient aux barreaux d'une cage. L'odeur qu'elles dégageaient empestait le danger. Elle poussa un piaillement et planta ses griffes dans la peau d'Emily.

– AÏE ! glapit la fillette. Oh, la petite… OUILLE ! Débarrassez-moi de cette furie !

Avec fermeté, Mlle Yvonne reprit Tacha.

– Bon. Ça suffit, maintenant. Je vais la mettre dehors.

– Ne devrait-on pas appeler la S.P.A. ? demanda Lucy.

– Non. Elle retrouvera bien son chemin toute seule. Les chats ne sont jamais perdus, assura la prof de danse.

Les sourcils froncés, Emily frottait les griffures rouges qui sillonnaient ses mains.

– Elle a un fichu caractère ! grommela-t-elle. Mon Beignet n'attaquerait jamais quelqu'un, lui.

– Assez, les filles ! Retournez à vos places !

Coinçant Tacha sous un bras, Mlle Yvonne se dirigea à grands pas vers le porche de la salle municipale, qui donnait sur la rue. Elle ouvrit la porte d'un geste brusque et jeta la petite chatte sur le trottoir. Quand la porte se referma en claquant, Tacha-la-chatte se retrouva seule dehors, dans un univers immense qu'elle ne reconnaissait plus.

Chapitre 3

DES ODEURS QUI EN DISENT LONG...

Rassemblant tout son courage, Tacha s'assit sur le trottoir (très froid) et réfléchit à ce qu'elle devait faire. La mystérieuse pierre du Pr. Chapollion était restée dans le vestiaire de la salle municipale. Si elle ne parvenait pas à remettre la main – ou plutôt la patte – dessus, elle risquait bel et bien de ne plus jamais redevenir humaine ! Même si elle rentrait chez elle, ses parents ne la reconnaîtraient pas. Ils penseraient tout de suite à un enlèvement. Et, pendant qu'ils s'affoleraient à rechercher leur fille disparue, ils n'auraient sûrement pas le temps de remarquer une petite chatte rousse égarée chez eux. Mais si jamais ils la remarquaient…

Une image atroce traversa l'esprit de Tacha. Elle se représenta ses pauvres parents éplorés la portant aux « chats trouvés ». Elle serait adoptée par des inconnus et passerait le reste de son existence à miauler pour être nourrie, ou à être chassée comme une malpropre de tous les fauteuils d'une maison étrangère !

Elle examina ses pattes de devant. Peut-être pouvait-elle encore tenir un crayon ? Dans ce cas, elle griffonnerait à ses parents une note du genre : « Au secours ! Je suis votre fille ! » Mais même s'ils la croyaient, que pourraient-ils faire pour elle à part lui acheter un collier et un panier ?

Tacha était sur le point de hurler de désespoir quand elle se souvint d'Eric. Bien sûr ! Quelle idiote elle était ! Eric était un chat, comme elle. Il la comprendrait et saurait l'aider, elle en était certaine. Il lui avait toujours paru plein de sagesse. Elle devait rentrer chez elle le plus vite possible et lui demander conseil.

Par chance, sa maison n'était pas loin, juste après le coin de la rue. Sur ses quatre pattes tremblantes, Tacha-la-chatte se mit à trottiner le long du trottoir.

C'était le genre de trajet que les vrais chats faisaient tout le temps sans froncer une moustache. Mais pour elle, chatte amateur, quel parcours d'obstacles terrifiant ! Les odeurs, surtout, la dérangeaient beaucoup. Elles étaient très nombreuses et chacune avait son caractère particulier. Ainsi, elle flaira plusieurs autres chats, devinant rien qu'à leur odeur que deux d'entre eux étaient très intelligents alors que le troisième était stupide. Elle sentit aussi la précipitation et l'avidité des rats qui couraient dans les égouts. En passant près des poubelles, elle distingua des relents de nourriture pourrie.

La maison où vivait le grand danois puait l'odeur de méchant molosse. Le cœur de Tacha battit plus fort. « Il » l'observait à travers la fenêtre du rez-de-chaussée. Sa partie humaine entendit deux aboiements sourds ; sa partie féline, un appel qu'elle put presque comprendre – comme si quelqu'un lui criait quelque chose dans une langue étrangère. Elle le dépassa aussi vite qu'elle put, ravie que les maîtres de ce chien géant ne le laissent jamais sortir seul.

Une mouche bourdonna soudain près de son nez – ou plutôt son museau. Il s'en dégageait une délicieuse odeur de viande, très tentante. Avant de comprendre ce qu'elle faisait, Tacha-la-chatte se retrouva en train d'attraper la mouche entre ses pattes de devant et de la fourrer dans sa bouche. Sa partie humaine en frémit de dégoût. Pouah ! Est-ce qu'elle allait vraiment manger une mouche ? Sa prisonnière se débattait contre sa langue en bourdonnant tant et plus. Elle savait qu'elle aurait dû la recracher, mais elle ne put s'y résoudre : c'était trop bon. Et, de toute façon, pourquoi se tracasser pour une mouche ? Ces maudits insectes passaient leur temps à narguer les autres ; ils n'avaient que ce qu'ils cherchaient.

Tacha s'arrêta brusquement et secoua plusieurs fois sa petite tête rousse, histoire de s'éclaircir les idées. Depuis quand pensait-elle que les mouches la « narguaient » ? Elle croqua cette horrible et délicieuse friandise entre ses petites dents pointues, un peu inquiète tout de même : sa partie féline serait-elle en train de prendre le dessus ? Si jamais elle restait trop longtemps sous cette forme, ne risquerait-elle pas de se comporter comme un chat quand elle redeviendrait une fille ? Est-ce qu'elle irait malgré elle se pelotonner sur le radiateur de la classe pendant les cours, ou se frotter aux jambes de Mrs. Slater ?

Elle était arrivée devant le bar du coin, baptisé *Chez l'Amiral* à cause de l'amiral Tunnock qui avait donné son nom à l'avenue. Ce bar était tenu par les parents de Marcus Snow, un garçon de sa classe. On y acceptait les enfants et Tacha était souvent venue y manger avec ses parents. Elle se faufila jusqu'à la porte, attirée par une forte odeur de chat. C'était sûrement celle de Grosminet, le chat du bar. Tout le monde aimait Grosminet. C'était un gros chat noir et blanc, très gentil, dont le ronron carrément sublime ressemblait à un moteur de Rolls-Royce. Tacha aurait été contente de parler à ce cher vieux matou, mais il était invisible.

Deux secondes plus tard, elle oublia totalement Grosminet : un papillon voletait autour de son museau, pareil à une feuille d'automne ivre. Tacha-la-chatte poussa un miaulement ravi. C'était le casse-croûte de ses rêves qui lui tombait du ciel. L'équivalent, pour un humain, d'un sachet de chips ou d'une tablette de chocolat. Quel bonheur d'habiter un monde où l'air était rempli de délices gratuits !

Elle bondit et rabattit le papillon sur le trottoir. Puis elle l'enfourna dans sa gueule, sans se soucier de le tuer d'abord, et les ailes continuèrent à battre contre ses joues pendant une éternité.

Sa partie humaine était horrifiée. Sa partie chatte, en revanche, pensa aux papillons morts épinglés dans un coffret de verre, à la maison. Est-ce qu'ils étaient encore comestibles ? Est-ce que la viande de papillon devenait rance, au bout d'un certain temps ?

Tout à coup, alors qu'elle mâchait le dernier bout d'aile, elle sentit l'atmosphère se glacer autour d'elle. « Danger ! » l'avertit son instinct. Une odeur horrible se répandait dans les parages, qui empestaient brusquement la noirceur et la méchanceté. Cette odeur-là devait correspondre à quelqu'un de très vilain et de très cruel. Tacha-la-chatte se détourna, craintive, et se retrouva face aux diaboliques yeux verts de Beignet, le chat noir d'Emily Baines.

Ce Beignet était maigre et décharné, avec de longues pattes, des taches couleur de rouille sur le dos et une figure étroite, en pointe.

– Jeune femelle ! lança-t-il d'un ton grinçant. Je te prends à BRACONNER !

Tacha faillit s'étrangler. Il lui avait parlé ! Un chat venait de lui parler et elle avait compris ce qu'il disait ! Sa voix ne ressemblait pas du tout à une voix humaine. Ce n'était pas une voix, à vrai dire, plutôt une série de couinements, de grognements et d'ondes silencieuses qui portaient des pensées.

– Cette chose à ailes M'APPARTIENT ! siffla Beignet.

– Une… une chose à ailes ? bredouilla Tacha. Oh, vous voulez dire le… Je suis vraiment désolée, je crois bien que je viens de l'avaler.

– Ton odeur a quelque chose de bizarre, reprit Beignet. Je n'arrive pas à mettre la griffe dessus, mais elle ne me plaît pas. D'où viens-tu ?

– Du numéro 18.

– MENTEUSE ! s'écria Beignet, sarcastique. Ce territoire-là n'existe pas !

– Ce n'est pas un territoire, rectifia Tacha, c'est une maison juste là, dans la rue.

Tous ses nouveaux instincts félins (et certains de ses anciens instincts humains) lui soufflaient que Beignet était dangereux. Elle s'efforça de cacher sa peur, mais tous ses poils étaient hérissés.

– Eric y habite, ajouta-t-elle, désespérée. Vous connaissez Eric, n'est-ce pas ?

– Tais-toi ! rétorqua Beignet avec un sourire carnassier qui glaça le sang de Tacha. Je sais qui t'a envoyée. Les nouvelles vont vite, à ce que je vois.

– Mais personne ne m'a envoyée ! protesta Tacha.

La queue de Beignet s'agita, aussi menaçante qu'un fouet.

– Tu peux dire à ce gros lard inutile, ce bon à rien qui se fait appeler « roi », que ce n'est pas la peine de chercher quelque chose qu'il ne trouvera jamais. Et si je te reprends un jour à te faufiler en douce sur mon territoire, ma jolie…

Il s'interrompit et ses griffes jaillirent de ses pattes noires.

– … je te TUERAI, tu m'entends ?

À ces mots, Tacha-la-chatte fit volte-face et détala comme une flèche dans l'avenue Amiral-Tunnock. Elle ne s'arrêta pas avant de s'être précipitée à travers la chatière d'Eric, aménagée dans la porte de derrière de sa maison.

Hors d'haleine, elle s'affala sur le carrelage de la cuisine. La maison était déserte. Sa terreur commença à diminuer. Ouf ! Beignet ne l'avait pas suivie – et son horrible odeur non plus. La seule odeur féline qu'elle sentait ici était celle d'Eric. Ragaillardie, elle se redressa et s'assit. Eric allait la protéger, elle le savait.

Sous la table, elle aperçut le porte-documents de maman, qui fleurait bon la propreté et la sécurité. Sa partie humaine eut soudain une terrible envie de pleurer. Mais sa partie chatte, elle, huma une délicieuse odeur de pâtée au foie, un peu aigre, un peu pourrie.

Elle suivit ce fumet appétissant, qui provenait du bol d'Eric posé par terre près du lave-vaisselle. Son estomac gargouilla. Elle avait mangé un énorme petit déjeuner, d'accord, mais elle était encore une fille, à l'époque. En tant que chatte, elle n'avait avalé qu'une mouche verte et un papillon. Elle plongea le museau dans la pâtée d'Eric et se mit à manger goulûment.

Derrière elle, la chatière se referma avec un bruit sourd. Une voix de chat, furibonde, s'écria :

– Cha, alors ! Je n'en reviens pas ! Qui es-tu, toi ? Que fais-tu sur MON territoire ?

C'était Eric, qui ne la reconnaissait pas… Tacha essaya de ne pas se sentir blessée, mais il lui était pénible de voir son chat bien-aimé river sur elle des prunelles aussi meurtrières. Elle courut vers lui pour le serrer dans ses bras, se souvint qu'elle était une chatte et se contenta de lui lécher une patte.

– Et tu as mangé ma pâtée, par-dessus le marché !

s'exclama Eric d'un ton outragé. Non, mais quel toupet !

– Eric, c'est moi, Tacha ! Ta… maîtresse humaine, s'empressa d'expliquer la fille-chat. Il faut que tu m'aides ! J'ai été changée en chatte, la pierre magique est restée dans le vestiaire de la salle municipale et je…

– QUOI ? rugit Eric. Par la Grande Sardine, qu'est-ce que tu me chantes là ? Sors immédiatement de cette cuisine !

De nouveau, la partie humaine de Tacha fut au bord des larmes.

– Eric ! implora-t-elle. C'est MOI ! Pourquoi ne me reconnais-tu pas ? Je sais que cette histoire a l'air dingue, mais tu es mon seul espoir !

– Je te préviens, jeune femelle, reprit Eric d'une voix courroucée, tu me prends peut-être pour un vieux gâteux, mais j'ai encore quelques tours sous mon collier !

– Je SUIS Tacha, ta maîtresse ! Crois-moi, je t'en supplie !

– Comment as-tu pu venir jusqu'ici, au fait ? demanda le chat. Mon odeur a dû s'effacer…

– Écoute, insista Tacha, je vais te prouver que je suis bien ce que je dis : ce matin, je t'ai donné un morceau de saucisse.

Eric parut surpris. Pourtant, il demeura sceptique.

– Et alors ? N'importe qui aurait pu deviner un truc de ce genre.

– Oui, mais je sais aussi ce que tu en as fait, renchérit Tacha. Tu es allé le cacher dans le garde-manger.

Les moustaches du vieux chat frémirent.

– Tu m'as espionné !

En elle-même, Tacha pensa qu'il ne lui était jamais venu à l'idée d'« espionner » son chat, mais ce n'était pas le moment de se lancer dans ce type d'explication.

– Écoute, Eric, insista-t-elle encore, tu n'as qu'à me demander ce que tu veux, pour me tester.

– Te tester ?

Eric fronça les sourcils, puis se mit à arpenter le sol de la cuisine, s'arrêtant de temps à autre pour renifler une miette.

– Entendu, accorda-t-il enfin. Dis-moi quel est mon plus grand trésor.

Tacha fut surprise. Elle ignorait que les chats avaient des « trésors », comme les chiens. Néanmoins, l'inspiration lui vint et elle nomma le jouet favori d'Eric :

– Ta balle qui fait du bruit.

– Exact ! s'exclama Eric stupéfait. Là, tu m'en bouches un coin ! Décris-moi cette balle.

– Elle est en plastique jaune, tout égratignée, avec des grelots à l'intérieur.

Le chat plissa les paupières.

– Et quand l'ai-je reçue ?

– Pour mes quatre ans, répondit Tacha. Je te l'ai

donnée pour te consoler, parce que tu avais été grondé.

– Juste ! approuva Eric, mi-figue, mi-raisin. Toutefois, avant que je tranche à ton sujet, je vais te poser une dernière question à laquelle seuls mes humains peuvent répondre. Es-tu prête ?

– Prête, dit Tacha.

– POURQUOI m'avait-on grondé ?

– Maman t'avait surpris sur ma table d'anniversaire, en train de lécher le beurre.

– Par le Poisson tout-puissant, elle a raison !

Eric se laissa choir sur son postérieur fourré, vivante image de la stupeur.

– Nom d'une sardine ! marmonna-t-il. Peux-tu vraiment être ma petite ouvreuse de boîtes humaine ?

Il renifla.

– Je dois avouer que tu as une odeur bizarre.

– Je sais. Beignet me l'a dit aussi.

– Hein ? fit Eric alarmé.

– Beignet, le chat du numéro 33, expliqua Tacha. Maigre, noir, avec des taches marron sur…

– Oh, ma malheureuse petite ouvreuse de boîtes ! s'écria Eric d'un air épouvanté. Tu veux parler de GRIFFU CHAT-PUANT !

– Qui ? demanda Tacha interloquée.

Le vieux chat ouvrit la gueule pour la renseigner, puis il changea d'avis :

– Tu n'as pas besoin de le savoir, puisque que tu es une humaine, en réalité. Mais je vais te dire une chose, ajouta-t-il, la mine sévère. Tant que tu auras cette apparence-là, tiens-toi loin de lui. C'est compris ?

– Compris, acquiesça Tacha.

Eric soupira et secoua sa tête mouchetée.

– Eh bien... On est dans une belle litière, en attendant. Raconte-moi donc comment cette histoire t'est arrivée.

Tacha lui fit le récit complet de sa mésaventure, en terminant par son entrée en trombe par la chatière de la cuisine. Eric l'écouta avec un vif intérêt.

– L'énorme chien ne te voulait pas de mal, déclara-t-il quand elle eut fini. Il voulait sans doute te prévenir que Griffu Chat-Puant rôdait par là. C'est un brave toutou, somme toute.

– Ah bon ? s'étonna Tacha. Les chiens et les chats ne sont donc pas des ennemis ?

– Autrefois, oui, répondit Eric. Mais les choses ont changé depuis que les chiens ont pris notre parti dans la Guerre contre les oiseaux.

– La Guerre contre les oiseaux ?

Eric parut choqué.

– Comment ? On ne vous apprend pas ça, dans vos écoles humaines ? Enfin... Je n'ai pas le temps de te donner une leçon d'histoire.

Il redressa ses épaules poilues, l'allure martiale.

– Le plus urgent, c'est de te retransformer en fille.

– Je crains que ce ne soit pas possible, gémit Tacha. Il faudrait que je retourne chercher mon sac à dos à la salle municipale, et je ne vois pas comment je le pourrais sous cette forme. Oh ! Eric, qu'est-ce que je vais devenir ?

Gentiment, Eric tapota sa petite patte fine de sa grosse patte velue.

– Allons, allons. Courage ! Nous trouverons une solution.

Il sourit.

– À propos, pourquoi m'appelles-tu toujours Eric ?

– Ce n'est pas ton nom ?

– Non. C'est juste le bruit que font mes humains pour m'avertir que ma pâtée est servie.

Il se redressa et bomba le torse.

– Permets-moi de me présenter correctement : Général Cogneur Duracuire, pour vous servir.

– Général ? s'exclama Tacha ahurie.

– En retraite, maintenant, malheureusement, commenta Eric d'un ton de regret. Mais au temps où je brillais par mes exploits, on me surnommait le « Héros du Grand Arrosoir ».

– Pardon ?

– C'est le nom d'une bataille que nous avons livrée contre Dentu Chat-Puant, l'ancêtre de Griffu, au sujet de certains droits de reniflage, expliqua fièrement le vieux chat. J'ai moi-même eu affaire à Gros-Rouquin de la Zone-où-ça-barbote.

– Mes compliments, dit poliment Tacha, qui voyait bien qu'il essayait de rester modeste.

Peu à peu, ces expressions surprenantes se clarifiaient dans son esprit. De toute évidence, il désignait par « Grand Arrosoir » la station de lavage des voitures, dans le quartier de Pole Crescent. Quant à la « Zone-où-ça-barbote », il s'agissait certainement de la laverie automatique située à l'autre bout de l'avenue ; il y avait toujours un gros chat roux qui rôdait par là. Avec la « chose à ailes », qui signifiait un papillon, son vocabulaire félin s'enrichissait à vue d'œil, pensa-t-elle. Si elle n'avait pas été aussi inquiète, elle aurait trouvé tout cela fascinant.

– Comment dois-je t'appeler ? demanda-t-elle.

– Cogneur, ça ira très bien, répondit le général en retraite Duracuire.

Brusquement, il pointa les oreilles en direction de la porte d'entrée : Mrs. Williams rentrait de son jogging et piétinait encore sur le perron. Avant que les « deux chats » aient pu prendre une décision, la mère de Tacha pénétra dans la cuisine. Aussitôt, elle vit « sa fille ». Elle s'accroupit et la prit dans ses bras. Tacha-la-chatte, tout heureuse, se mit à ronronner en frottant sa joue poilue contre le haut de son survêtement.

Mais sa mère ne l'avait pas soulevée pour la caresser.

– Pour l'amour du ciel, qu'est-ce que cette chatte fait ici ? s'exclama-t-elle. Je *lui* avais bien dit que cette chatière attirerait tous les vagabonds du quartier. Sois tranquille, Eric : je vais t'en débarrasser.

D'un geste déterminé, elle ouvrit la porte de derrière et jeta sa propre enfant dans l'allée du jardin. C'en fut trop pour Tacha. Elle fondit en larmes « façon chat », en poussant une série de glapissements pitoyables. Eric-Cogneur faufila tant bien que mal son corps imposant à travers la chatière et vint la rejoindre.

– Pauvre petit chaton…, ronronna-t-il tendrement. Allez, reprends-toi. Haut la queue !

– Oh, Er… Pardon, je voulais dire Cogneur, pleurnicha Tacha. Que faut-il que je fasse ? Comment récupérer cette pierre, en étant aussi petite que je le suis ? Si seulement le professeur ne l'avait pas envoyée à papa !

– Chuuut ! siffla soudain le chat sous ses moustaches. Un humain en vue ! Mieux vaudrait que tu te caches.

Glapissant toujours, Tacha-la-chatte alla se blottir sous le gros laurier qui bordait la pelouse. À l'abri des feuilles, elle put constater que l'humain en question était Lucy Church – et son petit cœur bondit d'espoir dans son poitrail tigré. Lucy rapportait son sac à dos, dans lequel toutes ses affaires avaient été fourrées pêle-mêle. Son survêtement dépassait par l'ouverture.

– C'est mon sac ! chuchota-t-elle à Cogneur, oubliant que sa camarade ne pouvait pas l'entendre. La pierre du professeur est dedans, tout au fond !

De ses prunelles vert émeraude, elle suivit Lucy qui se dirigeait vers la porte de derrière. Quand elle la vit frapper, elle fut prise d'une subite frayeur. Oh, non ! Maman allait savoir qu'elle avait raté le cours de danse, à présent ! Lorsqu'elle aurait résolu l'épineux problème de son retour au genre humain, elle devrait encore « s'expliquer » !

Mrs. Williams ouvrit et sourit, car elle aimait bien Lucy. Elle aurait voulu que leur nouvelle petite voisine soit la meilleure amie de Tacha (avec Emily Baines) – ce que sa fille souhaitait tout autant.

– Bonjour, Lucy ! Je suis désolée, Natacha n'est pas à la maison.

Elle était la seule à appeler sa fille « Natacha ». Soudain, son regard perçant se riva sur le sac à dos.

– Attends un peu… Est-ce qu'elle n'était pas au cours de danse avec toi ?

Malgré sa formidable ouïe de chatte, Tacha dut tendre les oreilles pour entendre Lucy, qui parlait d'une voix très douce. Elle expliquait l'incroyable disparition de Tacha, qui s'était volatilisée dans le vestiaire en laissant tous ses habits derrière elle.

Mrs. Williams parut inquiète, mais surtout très contrariée.

– En tout cas, merci d'avoir rapporté ses affaires, dit-elle. Je me demande ce que cette petite chipie a encore inventé. Juste ciel ! Elle a même laissé ses sous-vêtements !

Tacha était encore assez humaine pour se sentir brûler de honte quand elle vit sa mère brandir sa culotte.

Elles se dirent au revoir. La porte refermée, Lucy jeta un coup d'œil autour d'elle pour s'assurer que personne ne pouvait la voir, puis elle escalada prestement le mur qui séparait les deux jardins et sauta dans le sien. La partie fille de Tacha en fut impressionnée. Mince, alors ! Lucy, qui paraissait si délicate et si frêle, était presque aussi agile qu'un chat !

Le « général » l'avait remarqué aussi.

– Joli jeu de pattes, pour une humaine, commenta-t-il d'un ton appréciateur. Maintenant, voyons voir si nous pouvons remettre la griffe sur cette espèce d'objet magique.

Les deux chats rampèrent jusqu'à la chatière pour regarder dans la cuisine. Tacha aperçut sa mère debout près de la table. L'air absorbé, elle tirait toutes les affaires qui se trouvaient dans le sac, l'une après l'autre, et secouait la tête en marmonnant. Après les vêtements de ville et la tenue de danse, elle sortit les vieux paquets de chips et de bonbons, quelques trognons de pommes, la peau de banane et deux ou trois billets de la directrice concernant la cantine, que Tacha avait oublié de lui donner. Enfin, bon dernier, apparut le morceau d'albâtre du Pr. Chapollion. Tacha retint son souffle pendant que sa mère l'examinait avec curiosité, se demandant visiblement ce qu'elle devait en faire. Puis elle le posa sur la table et alla mettre les habits de sa fille dans la machine à laver.

À ce moment-là, on sonna à la porte d'entrée. Mrs. Williams, toujours très absorbée, prit son sac à main et sortit de la cuisine.

– C'est le bonhomme des légumes bio, expliqua Tacha à son chat. Elle discute toujours avec lui pendant des heures.

– Parfait, dit Cogneur. Je vais entrer et aller chercher ta pierre.

Tacha aurait voulu lui recommander de faire très attention, afin de ne pas casser le précieux (et redoutable) talisman, mais elle n'en eut pas le temps – et constata peu après qu'elle avait eu tort de s'inquiéter. Le général se dirigea d'abord vers la cuisinière, tira sur le torchon qui y était accroché et le traîna jusqu'à la table. Ensuite, il sauta sur ladite table avec une souplesse étonnante pour son embonpoint ; puis, du museau et de la patte, il poussa la pierre vers le bord. Tacha-la-chatte étouffa un petit miaulement angoissé quand la briquette blanche bascula dans le vide, mais elle tomba pile sur le torchon.

Cogneur lui décocha un sourire triomphal et fit glisser la pierre jusqu'à la chatière. Là, il l'expédia d'un coup de patte de l'autre côté, si bien que Tacha dut reculer précipitamment pour ne pas la recevoir sur le nez. Son cœur chantait de soulagement : elle allait redevenir une fille !

– Tu as été formidable ! s'écria-t-elle quand la tête grise du général s'encadra dans la chatière. Je n'avais jamais rien vu d'aussi génial !

– Une broutille, répondit Cogneur d'un faux air modeste. Ce genre d'opération, j'en faisais tous les jours quand j'étais soldat.

Mais il était content de lui, cela se voyait.

– Par la Grande Sardine argentée, c'est bien dommage que tu doives redevenir humaine. Je n'ai même pas eu le temps de te raconter mes campagnes. Enfin… Les grenouilles et les oiseaux n'attendent pas le chat, comme on dit chez nous. Quand faut y aller, faut y aller.

Il acheva de sortir dans le jardin. Tacha posa une patte orangée sur la pierre et fixa les prunelles sérieuses de son ami, aussi vertes que du raisin.

– Merci de m'avoir aidée, dit-elle. Sans toi, je n'y serais jamais arrivée. J'ai été… vraiment contente de te connaître.

Elle se sentait assez ridicule de parler ainsi alors qu'elle avait passé toute sa vie avec ce vieux chat, mais

Eric-Cogneur parut comprendre ce qu'elle voulait dire.

– Pareil pour moi, répondit-il. Et tu serais gentille de demander aux autres humains de la maison de ne plus mettre dans mon bol ces horribles choses sèches avec des grains verts.

– Je ferai de mon mieux, promit Tacha. En plus, pour te remercier, je t'offrirai un paquet entier de bâtonnets à mâcher.

– Voilà qui est bien parlé ! dit Cogneur, qui adorait ces bâtonnets au goût de viande.

Tacha-la-chatte lui lécha la patte.

– Tu sais, ça va me manquer, de ne plus être un chat.

Maintenant, il était temps de passer à la magie. Curieusement, et contrairement à ce qu'elle craignait, Tacha sut tout de suite comment elle devait s'y prendre. Elle s'étendit de tout son long sur le morceau d'albâtre, qui devint chaud sous son ventre poilu. Puis elle sentit son esprit se vider... et bientôt la figure mystérieuse et solennelle du chat noir aux yeux jaunes occupa toute la place dans sa tête. Alors elle s'entendit murmurer :

– Je requiers la permission de quitter le temple, Votre Grandeur !

Immédiatement, ce fut comme si une énorme vague s'abattait sur elle. Ses pattes se mirent à fourmiller, à croire que du courant électrique les parcourait. Elles s'allongèrent, grossirent et redevinrent des bras et des jambes. Sa peau se refroidit, privée de sa douce fourrure rousse. Et Tacha se retrouva allongée à plat ventre dans l'allée en béton, de nouveau nantie d'un grand corps de fille rose et charnu.

Cogneur la contemplait fixement, les yeux ronds, les poils hérissés, la queue déployée en plumeau. Maintenant, Tacha savait à quoi ressemblait un chat foudroyé de stupeur.

Elle s'agenouilla pour le caresser.

– Merci ! chuchota-t-elle. Et n'aie pas peur, je t'en prie, je suis toujours la même !

Sa voix humaine résonnait horriblement dans ses oreilles qui lui semblaient à moitié bouchées. Les odeurs avaient presque toutes disparu. Et, tout à coup, elle se rendit compte qu'elle était nue comme un ver !

Brièvement, elle aperçut Mrs. Pecking, la vieille dame qui logeait au-dessus de Lucy, les yeux écarquillés derrière ses rideaux de dentelle.

– Oh, non ! grogna-t-elle.

En s'efforçant de couvrir tout ce qu'elle pouvait de ses deux mains, elle tira la poignée de la porte avec ses dents et se glissa dans la cuisine. Elle se sentait affreusement maladroite, car elle n'avait plus l'habitude d'être si grande, si grosse, ni de marcher sur deux pieds. Et maman, par-dessus le marché, allait l'incendier à cause du cours de danse manqué ! Elle se dit qu'elle avait intérêt à monter s'habiller en vitesse, avant d'envenimer encore les choses.

Malheureusement, elle avait oublié le marchand de légumes bio... Lorsqu'elle sortit en douce de la cuisine, elle découvrit la porte d'entrée grande ouverte. Sa mère, le dos tourné, était en train de parler d'O.G.M. et de maïs transgénique. Soudain, les yeux du bonhomme s'élargirent – et Mrs. Williams regarda derrière elle, intriguée.

– Natacha ! lâcha-t-elle dans un souffle.

Chapitre 4

UN ROI MAL EN POINT

Tacha fut incapable de fournir une explication convenable et, de toute façon, sa mère ne l'aurait pas écoutée. Mrs. Williams était persuadée que sa fille avait perdu la tête.

– Je ne suis pas folle, je t'assure ! protesta Tacha pour la centième fois.

– Je ne vois pas comment appeler autrement une enfant qui court toute nue dans les rues, répliqua sa mère.

– Personne ne m'a vue, je te jure !

– Et puis quoi encore ? Bien sûr qu'on t'a vue ! Je n'oserai plus jamais regarder les voisins en face, maintenant. Qu'est-ce qui t'a pris, ma pauvre fille ? À mon avis, je devrais t'envoyer chez un psychiatre.

– Calme-toi, Harriet, intervint Mr. Williams. Pas besoin d'un barbu à cigare pour comprendre que cette petite déteste les cours de danse. Elle a voulu te pousser à bout, c'est tout.

D'un côté, Mrs. Williams préférait que sa fille ait traversé le quartier toute nue pour la pousser à bout, et non parce qu'elle était fêlée. Toutefois, pousser un parent à bout méritait une bonne punition : plus de chips, de chocolat ni de cassettes vidéo pendant un mois. La seule bonne nouvelle de la journée fut un coup de fil de Mlle Yvonne, qui laissa entendre qu'elle avait une longue liste d'attente pour ses cours. D'un ton très sec, Mrs. Williams lui déclara que la place de Tacha était libre.

– Cette femme est atroce, dit-elle après avoir raccroché. Il vaut mieux que je te trouve une autre activité pour le samedi matin. Des leçons de français, peut-être, ou d'échecs…

Aux yeux de Tacha, rien ne pouvait être pire que la danse classique, pas même le français. Elle alla donc se coucher de très bonne humeur, bien que sa mère l'eût envoyée dans sa chambre beaucoup plus tôt que d'habitude. Sa vie de chat l'avait épuisée. Elle bâilla largement, rangea la pierre du professeur dans son coffret à bijoux et retrouva avec plaisir son confortable lit humain.

Cette journée avait été incroyable. Elle n'avait sûrement aucune envie de redevenir un chat, mais elle était loin de regretter cette expérience ! D'accord, il y avait eu des moments pénibles, comme sa rencontre avec Beignet, dont le vrai nom avait terrifié le bon vieil Eric. D'autres, en revanche, avaient été merveilleux : elle avait adoré danser et jouer dans la peau d'une petite chatte, découvrir un monde secret qu'aucun autre être humain ne connaissait. Elle voyait le chat de la famille sous un autre jour, à présent ; Eric-Cogneur lui paraissait extraordinaire. Elle passa le reste du week-end à le chouchouter, à l'embrasser, à le caresser. Elle le laissa même regarder la télé sur ses genoux (ce qu'elle n'acceptait pas toujours, parce que sa tête lui cachait l'écran) ; et elle dépensa une bonne partie de son argent de poche dans les bâtonnets à mâcher qu'elle lui avait promis.

– Mets donc ce vieux matou par terre, dit maman. Il sent mauvais et va te couvrir de poils.

Une chance que Cogneur ne puisse comprendre ces insultes ! pensa Tacha, qui savait maintenant que les chats ne saisissaient pas grand-chose du langage humain. Mais elle aurait bien voulu être encore capable de parler au général, elle. Elle avait tant de choses à lui demander : qui était Griffu Chat-Puant, par exemple, et pourquoi il faisait peur à tout le monde... Pendant qu'elle était chatte, elle avait oublié de transmettre à Cogneur le mystérieux message de Beignet à propos d'un gros lard de roi qui n'était bon à rien. Qu'est-ce que cela pouvait bien vouloir dire ?

Quoi qu'il en soit, elle n'était pas assez folle pour se resservir de la pierre du Pr. Chapollion. Le monde des chats était bien trop dangereux ! Pourtant, elle aurait aimé pouvoir parler à quelqu'un. Avoir un chat pour meilleur ami, c'eût été déjà mieux que de ne pas avoir d'ami du tout...

Quand Tacha arriva à l'école le lundi matin, toute la classe savait déjà qu'elle était rentrée chez elle complètement nue.

– On n'a retrouvé qu'un petit tas d'habits dans le vestiaire, racontait Emily, dans la cour, au cercle de filles qui l'entouraient. Mlle Yvonne a dit qu'elle ne voyait pas du tout avec quoi elle avait pu se couvrir. Elle avait même laissé sa culotte !

Cette punaise se rendit compte que Tacha l'écoutait. Alors, perfide, elle ajouta :

– Elle devait ressembler à un ballon rose trop gonflé !

Bien sûr, tout le monde éclata de rire, même les garçons. À midi, Tacha mangea toute seule dans un coin de la cantine, en essayant d'ignorer les gloussements moqueurs et les blagues sur les gens qui oubliaient de mettre leur culotte pour sortir. Elle était très malheureuse de ne pouvoir expliquer à personne ce qui lui était réellement arrivé. Lucy paraissait un peu ennuyée pour elle, mais elle n'essaya pas de prendre sa défense, malgré tout.

Après cette longue journée solitaire, Tacha fut contente de rentrer chez elle et de câliner Cogneur qui l'attendait sur le paillasson (dans sa tête, elle ne parvenait plus à l'appeler Eric, maintenant). Il la suivit dans la cuisine, où Mr. Williams était en train de préparer des pâtes.

– Salut, papa, dit-elle.

– Salut, Minette. La journée a été bonne ?

– Oui, merci.

Tacha avait toujours détesté inquiéter son père.

– Tu as des devoirs à faire ?

– De la lecture, mais je l'ai terminée à midi.

Le reste de l'après-midi et de la soirée se passa comme d'habitude. Tacha dîna avec son père. Ils discutèrent de la querelle animée qu'il entretenait par e-mail avec un autre archéologue, puis elle regarda la télé. Maman rentra plus tard, comme souvent, et elle se montra de très bonne humeur, pour une fois (même si elle ne put s'empêcher de demander à sa fille si elle avait réussi à garder ses habits sur elle, ce jour-là).

À huit heures et demie, Tacha monta se coucher.

Elle s'endormit très vite et rêva qu'elle était sur une plage où elle bâtissait un château de sable géant. Il était si grand qu'elle pouvait entrer à l'intérieur et marcher le long d'un tunnel. Soudain, le tunnel s'effondra et elle se sentit écrasée par le poids du sable qui l'empêchait de respirer. S'éveillant en sursaut, elle découvrit Cogneur assis sur sa poitrine. Il pressait son museau contre son nez, si bien qu'elle voyait juste deux prunelles vertes qui luisaient dans le noir.

Doucement, elle repoussa le lourd matou et alluma sa lampe de chevet : il était une heure du matin. Elle s'assit dans son lit et se frotta les yeux. Cogneur, qui ne la quittait pas du regard, lui tapota la jambe de sa patte.

– D'accord, murmura Tacha. J'ai compris le message. Tu veux me parler, hein ?

Inutile de poursuivre la conversation tant qu'elle n'était pas redevenue une chatte. Elle sortit de son lit et alla chercher le morceau d'albâtre dans son coffret à bijoux. L'affaire devait être importante, sans quoi son chat ne lui aurait pas demandé de prendre de tels risques, se dit-elle. Et il fallait bien qu'elle lui accorde cette faveur, après ce qu'il avait fait pour elle.

Dès qu'elle referma les doigts sur la pierre froide, elle sentit son sang pétiller d'excitation dans ses veines. En fait, maintenant qu'elle avait une excuse, elle grillait de redevenir une chatte ! La pierre blanche se réchauffa dans sa paume. Une nouvelle fois (elle s'y attendait, sans douter une seconde que cela allait marcher), elle laissa l'étrange chat noir prendre possession de son esprit et lui demanda la permission d'entrer dans le temple.

La pierre du Pr. Chapollion tomba sur la moquette, accompagnée de son pyjama vide. Cette fois, la métamorphose avait été plus rapide, comme si son corps s'y était déjà habitué. Tacha-la-chatte resta allongée par terre quelques minutes, le souffle court, le temps de s'accoutumer aux nouveaux bruits et aux odeurs qui l'assaillaient. Peu à peu, ses yeux de chat commencèrent à distinguer les énormes masses des meubles de sa chambre.

– Désolé du dérangement, dit Cogneur, mais il y a urgence.

– Que se passe-t-il ? demanda Tacha, essayant d'imaginer ce que pouvait être une « urgence » pour un chat.

Le général se gratta énergiquement une oreille de sa patte arrière.

– Elle a DISPARU ! grogna-t-il. Quelqu'un a vendu la cachette et le tabernacle est vide ! La maison royale des Entrechats est menacée d'EXTINCTION !

– Excuse-moi, dit Tacha, mais je ne sais absolument pas de quoi tu parles.

Le vieux chat soupira.

– En vérité, il se peut que nous n'ayons plus jamais la possibilité de chasser dans les canalisations de la Destinée.

Il secoua tristement sa tête tachetée.

– Les Chats-Puants nient tout en bloc, bien sûr, mais nous savons qu'ils l'ont volée. D'après nos espions, ils ont chanté victoire toute la nuit dernière.

– Je ne comprends pas un mot de ce que tu racontes ! glapit Tacha excédée. QUI a volé QUOI, à la fin ?

Elle avait miaulé si fort qu'ils sursautèrent et se ressaisirent prudemment. Cogneur s'assit, très droit, pareil à un chat de porcelaine. D'une voix grave et sourde, il répondit avec lenteur :

– La Sardine sacrée.

Ces mots ne signifiaient rien pour la partie humaine de Tacha, mais sa partie féline en saisit l'importance solennelle. Elle courba presque la tête, sans savoir pourquoi.

– La quoi ? répéta-t-elle.

– ELLE, reprit le général. La Grande Déesse. Notre bienfaitrice et protectrice universelle. Je sais que tu n'es qu'une humaine, mais tu dois essayer de comprendre à quel point elle est capitale pour nous. Je me doutais bien que ces gredins de Chats-Puants mijotaient quelque chose. Maintenant, j'en suis sûr : ils veulent nous ENVAHIR ! Nous occupons une zone frontière, vois-tu, et nous devons la défendre chaque nuit ou presque, au prix d'innombrables escarmouches. Mais ces chacripans n'auraient jamais OSÉ s'introduire sur notre territoire avant d'avoir la Sardine… Or, elle n'est plus à sa place, et nous avons besoin de ton aide !

En trois bonds, Tacha-la-chatte traversa la moquette pour aller lécher la joue poilue du général.

– Ne t'inquiète pas, je vais vous aider, assura-t-elle. C'est la moindre des choses, après le service que tu m'as rendu.

– J'espérais que tu réagirais ainsi, reconnut Cogneur. Toutefois, je dois t'avertir que ta mission peut être dangereuse. Nous serons peut-être obligés de t'expédier derrière les lignes ennemies.

– Les lignes ennemies ? La guerre est donc déjà déclarée ?

– Tu sauras tout une fois que nous aurons rejoint le Parlement, répondit le général. Suis-moi… sans faire plus de bruit qu'un poisson.

– Nous, les humains, nous disons : « sans faire plus de bruit qu'une souris », observa Tacha.

Cogneur souffla :

– Quelle idée ! Les souris font un vrai tintamarre, tout le monde le sait ! Allez, viens !

Les deux chats se faufilèrent dans la maison endormie et sortirent par la chatière. De nuit, le jardin était un monde nouveau, mystérieux, plein d'ombres furtives et d'odeurs inquiétantes. Tacha suivait de près la queue de Cogneur. Son petit corps tigré débordait d'énergie. Tout cela était un peu effrayant, mais quelle aventure excitante ! Penser que les chats du quartier avaient un Parlement... Était-ce bien vrai, ou était-elle encore en train de rêver ?

De fait, le Parlement en question se tenait dans le garage de la famille Jessop, par-delà les jardins de derrière. Cogneur guida Tacha de l'autre côté de la gigantesque voiture des Jessop – et elle ne put retenir un miaulement de surprise. Il y avait des chats PARTOUT ! Sur le sol du garage, sur les étagères, sur le congélateur, sur les ailes et le capot de la voiture ! Ils étaient de toutes les couleurs possibles. Des dizaines de paires d'yeux verts la fixaient dans le noir.

– La voici ! annonça Cogneur. Et elle est prête à nous aider !

De petits miaulements d'approbation coururent dans l'assistance. Les chats les plus proches de Tacha-la-chatte lui adressèrent des sourires encourageants. Quand sa vision de chatte se fut adaptée à l'obscurité, elle reconnut plusieurs silhouettes fourrées. Par exemple, Biscuit, le chat de la maison du coin, un « écaille de tortue » plutôt gringalet, qui paraissait très mal dégourdi avec ses pattes trop grosses pour son corps fluet. Tacha lui sourit gentiment.

– Incline-toi ! lui siffla Cogneur à l'oreille.

– Quoi ?

– Incline-toi, je te dis ! Il s'agit du prince Dandy, héritier du trône de la Sardine !

– Oh, pardon.

Tacha s'inclina devant Biscuit, prince des Sardines. Il lui répondit par un petit miaulement amusé.

– Es-tu vraiment une humaine ? demanda-t-il. Ça fait quel effet d'avoir des jambes aussi grandes et aussi ridicules ?

Sa voisine (une jolie chatte noire dont la frimousse s'ornait d'un triangle blanc) lui donna une tape sévère sur le nez.

– Tais-toi, plutôt que de dire des bêtises ! cracha-t-elle.

– C'est son épouse, chuchota Cogneur à Tacha. La princesse héritière Bing. Tu ferais bien de t'incliner de nouveau : c'est elle qui rapporte les souris dans cette famille !

Tacha s'exécuta. Elle salua la princesse héritière, qu'elle avait souvent vue trôner sur la poubelle du numéro 12. Découvrir la vie cachée de tous ces chats familiers était vraiment stupéfiant.

La princesse Bing la dévisagea fixement.

– Voici donc cette fameuse fille-chat. Elle est plutôt petite, mais elle peut nous être très utile. Merci, fille-chat. Tu es la bienvenue.

Son époux, le prince Dandy, sommeillait à demi, le menton sur ses pattes. Elle lui donna une bourrade énergique de son coude pointu.

– Qu'est-ce qu'il y a ? bredouilla-t-il. Ah, oui. Bienvenue.

– C'est très gentil à toi d'accepter de nous aider, ma chère, déclara une voix aimable à l'oreille de Tacha. J'ai une humaine qui est à peu près de ta taille.

En tournant la tête, Tacha reconnut Chouquette, la chatte tigrée de la maison voisine. Dodue et plus toute jeune, elle appartenait à Lucy. Et, bien sûr, Chouquette n'était pas son vrai nom.

– Je te présente Mme Gourmandine Goulue, dit Cogneur. Ma troisième épouse, de fait.

– QUOI ? s'étrangla Tacha, qui n'avait jamais pensé que son vieux chat pouvait avoir une femme – et trois encore moins !

Mme Goulue se mit à rire.

– Ta QUATRIÈME, Cogneur. Tu devrais tenir tes registres à jour.

Les chattes voisines pouffèrent.

– Navré, Gourmandine. Excuse-moi, dit Cogneur.

Il se dirigea vers un chat roux, tigré, que Tacha connaissait aussi. Son nom humain était Pyjama et il ronronnait souvent sur un pilier de Pole Crescent.

– Notre Premier ministre, annonça le général. Sire Chabellan.

Tacha décida d'exécuter une nouvelle courbette. Elle trouvait assez étrange de s'incliner avec respect devant un ministre dont elle avait gratté le menton.

– Bonsoir ! déclara Chabellan d'un ton enjoué.

– Tu dois savoir, fille-chat, que le père de mon époux, le roi Entrechat IX, est trop malade pour quitter son panier, reprit la princesse Bing. Nous allons tenir ce conseil sans lui. Mais, auparavant, je veux te présenter mes enfants.

– Oooh ! C'est un grand honneur, chuchota Mme Goulue, visiblement impressionnée. Elle ne présente pas ses rejetons à n'importe qui !

La princesse héritière donna une pichenette à un grand dadet à l'air boudeur qui se tenait près d'elle. Il était écaille de tortue, comme son père.

– Voici mon fils, le prince Patatras. Tiens-toi droit, Patatras ! Et maintenant, mes filles…

Elle regarda autour d'elle, la mine courroucée.

– Où sont-elles donc ? Pour l'amour de la Sardine, petites, sortez de votre cachette ! Cette humaine ne va pas vous mordre !

Trois délicieuses petites chattes au pelage noir et blanc émergèrent de l'ombre, très intimidées. Elles adressèrent un sourire hésitant à Tacha.

– Mes filles, annonça la princesse Bing. Les princesses Croquette, Boulotte et Échalote.

Les trois princesses exécutèrent des mouvements

gracieux avec leur tête et leurs pattes de devant. Il devait s'agir de révérences félines, se dit Tacha.

– Elles sont si raffinées ! s'extasia Mme Goulue.

– C'est pas comme leur mère ! siffla une commère, près d'elle.

– À dire vrai, expliqua Gourmandine à mi-voix, la princesse Bing n'est pas de sang royal. C'est une ERRANTE ! Le prince a brisé le cœur de sa mère, lorsqu'il l'a épousée.

– Peuh ! Les Entrechats se marient toujours au-dessous de leur condition, reprit la commère. Si vous m'en croyez...

– Cessez de ragoter ! ordonna la princesse Bing d'un ton coupant.

Elle sauta sur un vieux bidon de peinture, dont elle délogea le Premier ministre en le faisant tomber.

– Sujets Entrechats, vous savez pourquoi vous êtes ici. Nous ne pouvons plus éviter une guerre avec les Chats-Puants. Ils ont VOLÉ la Sardine sacrée !

Des miaulements furieux se déchaînèrent entre les murs en béton, qui en renvoyèrent l'écho.

– Nous allons commencer par une prière, poursuivit la princesse Bing. Crieur Monte-au-ciel, s'il vous plaît !

Nouvelle surprise pour Tacha. Les chats avaient donc des prêtres ? Qui priaient-ils ? Un silence solennel tomba sur le garage. De la foule des chats sortit un énorme matou noir, dont la fourrure dessinait une large écharpe blanche sur son poitrail imposant.

– Grosminet ! s'écria joyeusement Tacha, en reconnaissant le chat du bar.

– Non, petite, corrigea Cogneur d'un ton plein de respect. Il s'agit du révérend Immortel Monte-au-ciel, notre grand crieur de la Sardine sacrée.

Le crieur décocha un sourire amical à Tacha, après quoi il commença ses cris :

– SARDINE SACRÉE ! Où êtes-vous ? Révélez-nous votre parfum, afin que nous puissions vous reprendre et exterminer les Chats-Puants ! Bénissez cette étrange humaine-chatte qui a promis de nous aider. Bénissez aussi notre roi, Sa Majesté Entrechat IX, qui ne cesse de PRÉTENDRE qu'il va bientôt rejoindre le paradis des Chats Élysées… Merci de nous l'avoir laissé en ces heures difficiles, merci d'avoir attendu SI LONGTEMPS pour le rappeler en votre sein sacré. Nous vous savons gré de votre générosité. Chalut.

– Chalut, marmonnèrent tous les chats, pour qui ce mot avait l'air de signifier la même chose qu'« Amen ».

Tacha était fascinée. Cet Entrechat IX était-il le roi que Griffu avait mentionné dans son message ? À ce qu'elle avait cru comprendre, il était à l'article de la mort.

Immortel Monte-au-ciel s'inclina devant le prince Dandy.

– Comment se porte votre royal paternel, ce soir, Votre Altesse ?

– Comme toujours, répondit le prince héritier d'un ton contrarié. Il nous bassine de beaux discours sur sa mort prochaine, couché dans son panier funéraire, et il gâche tout en réclamant un morceau de fromage.

– Mmm…, observa Chabellan. La proximité des Chats Élysées ne semble pas lui couper l'appétit.

Tacha nota que le général paraissait tracassé et que plusieurs jeunes chats manifestaient une impatience certaine.

– Dites-lui de se décider, à la fin ! lança l'un d'eux du fond du garage. Un roi fainéant qui passe sa vie dans un panier ne nous est d'aucune utilité ! Si nous devons récupérer la Sardine, il nous faut un CHEF !

Des grondements coléreux l'approuvèrent.

– Je suis la CHEFTAINE qu'il vous faut ! proclama la princesse Bing.

– Vous pouvez lui faire confiance, approuva son époux. Nommez-la à votre tête, vous ne le regretterez pas.

L'ignorant superbement, la princesse héritière se tourna vers Tacha avec un gracieux sourire.

– Assieds-toi, fille-chat. Je vais t'expliquer en quoi nous avons besoin de ton aide.

Tacha-la-chatte obéit. Elle était un peu effrayée par l'autoritaire princesse, mais les silhouettes bien rembourrées de Cogneur et de Gourmandine Goulue, qui l'encadraient, la rassuraient.

– D'abord, commença la chatte noire, je dois te parler de la Sardine sacrée. Elle a été confiée à la famille de mon mari durant la Guerre contre les oiseaux, mais elle est bien plus ancienne que cela. La Sardine octroie à la lignée des Entrechats le pouvoir de gouverner en paix, avec sagesse et bonté.

– Excusez-moi…, intervint Tacha.

Des miaulements étouffés exprimèrent le choc de l'assistance devant une telle insolence.

– Il ne faut pas l'interrompre, souffla Cogneur. Mais si tu le fais, n'oublie pas de dire « Votre Altesse » !

– Pardon, Votre Altesse, mais que gouvernez-vous au juste ? reprit Tacha. Je veux dire… où est votre royaume ?

La frimousse pointue de la princesse Bing trahit son étonnement.

– Où est-il ? Mais ICI, voyons ! Notre royaume s'étend de la Montagne-Verte au nord jusqu'à la Terrible Soufflerie au sud, de la Grande Citerne à l'ouest jusqu'aux Déserts royaux à l'est.

– Oh, fit Tacha. Merci.

Pour sa partie humaine, ce territoire s'étendait de la butte du jardin public au bout de l'avenue Amiral-Tunnock dans un sens (un secteur toujours très venté), du château d'eau à la décharge municipale dans l'autre (les « Déserts » devaient être la portion de route comprise entre les deux, se dit-elle). À ses yeux, ce rectangle plutôt ordinaire ne méritait vraiment pas qu'on se batte pour le conserver – et elle avait toujours pensé par ailleurs que le conseil municipal le « gouvernait » –, mais elle garda ses réflexions pour elle. Elle ne voulait pas offenser la princesse.

– Si les Chats-Puants ont mis leurs sales pattes sur notre Sardine, continua cette dernière, nous sommes perdus. Ces chamailleurs vont utiliser son POUVOIR sans se servir de sa BONTÉ. Une telle chose ne doit pas se produire !

– Tout cela doit être bien difficile à comprendre pour un humain, intervint Immortel Monte-au-ciel de sa voix de velours. Un jour, petite fille-chat, nous partagerons un délicieux bol d'eau boueuse et je te narrerai toute l'histoire. Pour cette nuit, il te suffit de savoir que les Chats-Puants sont MALÉFIQUES. Si la Sardine est en leur possession – louées soient Ses Écailles…

– Chalut, marmonnèrent les autres chats.

– … alors, une poignée de ces chacripants s'arrogeront tous les droits de chasse et de reniflage dans les égouts et caniveaux, et ils nous réduiront en ESCLAVAGE !

– Ils occupent déjà une partie de la Canalisation

principale ! renchérit Cogneur d'un ton échauffé. Nous aurions dû les en éjecter sur-le-champ, au lieu de les laisser terrifier les chatons convenables du quartier !

– Ce n'est pas la peine de me regarder, rétorqua vertement le prince Dandy. J'ai les quatre pattes liées, tant que mon père s'accroche à son panier !

– Il s'agit d'une urgence nationale, affirma le Premier ministre. Nous devons obtenir l'autorisation du roi pour envoyer des patrouilles supplémentaires. Il faut qu'il nous l'accorde, nous sommes EN GUERRE !

Autour de Tacha, l'air vibrait et bourdonnait. Tous les chats ronronnaient à pleine puissance, leur façon d'applaudir.

– Fille-chat ! clama la princesse Bing. Es-tu prête à nous aider pour nous éviter de devenir les esclaves des Chats-Puants ?

– Bien sûr ! affirma Tacha. Mais que puis-je faire ?

– Le général Duracuire nous a informés que tu fréquentes une école humaine avec la gardienne de Griffu Chat-Puant. Est-ce vrai ?

– La gardienne…

Tacha comprit soudain qu'elle voulait parler d'Emily Baines.

– Oui, en effet. Elle est dans ma classe.

– Griffu ne serait jamais assez stupide pour enterrer

la Sardine volée dans son jardin, précisa Chabellan, mais il peut fort bien l'avoir cachée dans la maison de ses humains. Or, tu es une humaine. Il te sera facile d'aller jeter un coup d'œil à l'intérieur sans éveiller les soupçons de notre pire ennemi.

Le cœur de Tacha-la-chatte sombra dans son poitrail. Cogneur et Chabellan paraissaient si contents de leur idée ! Comment leur avouer qu'Emily était *sa* pire ennemie et qu'elle ne serait jamais invitée chez elle ? Elle n'osa pas les décevoir.

– Ce sera bientôt son anniversaire, répondit-elle lentement. Si j'allais à sa fête…

– Superbe ! s'exclama Cogneur. Je savais que tu ne nous laisserais pas tomber. Neuf RONRONS D'HONNEUR pour… pour… Mince ! Il faut qu'on te donne un nom correct, petite. Si tu permets, je vais te baptiser Jolie-Minette et te donner le rang de capitaine par intérim. « Par intérim », c'est parce que tu n'es pas toujours des nôtres, comprends-tu ?

La princesse Bing hocha la tête.

– Neuf ronrons d'honneur pour la capitaine par intérim Jolie-Minette ! ordonna-t-elle.

De nouveau, les murs du garage Jessop vibrèrent de haut en bas. Tacha se sentit très fière. Elle trouverait le moyen d'entrer chez Emily, décida-t-elle. Ce serait tellement magnifique si la Sardine sacrée pouvait être retrouvée grâce à elle !

– Ce nom te va très bien, ajouta Cogneur. Tu es vraiment très mignonne, en petite chatte. Si j'avais quelques années de moins, je t'épouserais.

Les matrones pouffèrent de nouveau.

– Gros vantard ! plaisanta Gourmandine. Tu n'as plus pris de nouvelle femme depuis un bon moment, me semble-t-il.

Cogneur inclina la tête sur le côté, charmeur.

– Ah, Gourmandine… Si ce n'était déjà fait, je te redemanderais volontiers en mariage, pour te prouver qu'il me reste encore un peu de verdeur sous ma vieille peau.

La curiosité de Tacha allait croissant.

– Combien de fois t'es-tu marié dans ta vie, Cogneur ? s'enquit-elle.

– Dix-sept fois, répondit le général avec un petit sourire nostalgique.

– DIX-SEPT FOIS ! s'écria Tacha ahurie. Tu veux dire que tu as eu DIX-SEPT FEMMES ?

– Exact, capitaine Jolie-Minette. Il ne m'en reste plus que quatre, mais j'ai vingt-huit fils et quinze filles qui vivent dans les environs, ce qui est rudement pratique en cas de besoin, comme en ce moment.

– Les enfants de Cogneur forment un régiment entier dans l'armée royale, précisa fièrement Mme Goulue. Mes propres fils sont tous officiers.

Tacha commençait à comprendre pourquoi ses

parents se reprochaient de ne pas avoir fait castrer « Eric ». C'était une véritable explosion démographique à lui tout seul !

– Je demande la permission de parler ! cria une voix forte et brusque dans les derniers rangs.

– Accordée, dit la princesse Bing. Avance, Bagarreur !

Un beau matou noir aux pattes blanches se fraya un chemin jusqu'à elle, en bousculant tout le monde sur son passage.

– Qui nous dit que cette créature n'est pas l'une d'EUX ? lança-t-il. Qui nous dit qu'elle n'est pas une ESPIONNE des Chats-Puants ?

– Tu n'as pas honte ? se récria Cogneur, furieux. Elle est MON humaine. Cela devrait te suffire, il me semble !

– Excuse-moi, rétorqua Bagarreur, mais ce n'est pas une garantie, d'après moi. Regarde Filou, ton FILS !

Ce nom causa une vive agitation dans l'assistance. Les yeux verts de Cogneur s'étaient dangereusement assombris.

– Ce chat ne m'est plus rien, répondit-il. Comment oses-tu prononcer son nom ?

– Assieds-toi, Bagarreur, commanda la princesse. Filou est un traître, certes, mais je confierais sans hésiter ma royale existence au général Duracuire.

– Merci, Votre Altesse, déclara Cogneur d'une voix

qui tremblait un peu.

Mme Goulue chuchota quelque chose à Tacha. Ce n'était pas très distinct et ça lui chatouillait les oreilles, mais « Jolie-Minette » comprit le principal : Filou, le fils de Cogneur, avait rejoint les Chats-Puants. Or, à sa grande surprise, elle se rendit compte qu'elle connaissait le traître : son nom humain était Hamish et il habitait le quartier résidentiel de Bellevue, chez Mr. MacWhish, le dentiste. Elle l'avait souvent caressé dans la salle d'attente.

Bagarreur n'avait pas terminé.

– Après tout, reprit-il, Filou peut très bien cacher la Sardine CHEZ LUI. Je propose qu'on ENVAHISSE son jardin !

Les jeunes mâles les plus excités ronronnèrent à fond.

– Bêtise ! gronda Cogneur. Si c'est le cas, Griffu gardera l'endroit et nous n'aurons aucune chance. Je propose, moi, qu'on envoie un agent secret !

Tacha devina ce qui lui restait à faire… Ce serait plus simple que de se faire inviter par Emily Baines, mais tout aussi désagréable.

– Je suppose que je peux entrer sous ma forme humaine, puis me changer en chat, offrit-elle à contrecœur. Il me suffira de prendre un rendez-vous.

Elle détestait aller chez le dentiste. Mr. MacWhish avait un nez plein de poils.

– C'est beaucoup trop risqué ! objecta Immortel Monte-au-ciel. Pouvons-nous laisser cette jeune fille-chat se jeter ainsi dans les mâchoires de l'ennemi ?

– Je n'ai pas peur, affirma Tacha.

Et elle se sentit réellement capable de tout affronter quand Cogneur se pencha vers elle pour lui donner un coup de langue sur les moustaches.

– Par le Poisson céleste, tu es une petite minette très courageuse, ronronna-t-il gentiment.

La princesse Bing souriait.

– Les Chats-Puants n'ont pas d'agent humain à leur disposition, eux, déclara-t-elle. Notre nouvelle recrue doit rester un SECRET. En aucun cas, ils ne doivent découvrir qu'elle travaille pour nous.

– Les Chats-Puants découvrent toujours tout ! se récria Bagarreur d'un ton véhément. Comment ont-ils su où trouver la Sardine ? Si vous voulez mon avis, ils ont été aidés DE L'INTÉRIEUR !

Cette idée était terriblement choquante. Il y eut un concert de miaulements affolés, que la princesse Bing dut interrompre d'une voix perçante :

– Pour la dernière fois, Bagarreur, TAIS-TOI ! Nous savons très bien qui leur a indiqué la cachette de notre déesse : Filou, qui n'est plus des nôtres. Il n'y a plus de traître parmi nous, désormais ; personne n'informera nos ennemis au sujet de la fille-chat.

Elle appliqua une tape sur la tête de son époux.

– Réveille-toi, Dandy ! Il est temps d'aller la présenter au roi.

– Le représentant consacré de la Sardine, ajouta Immortel Monte-au-ciel dans un soupir.

Tacha oublia instantanément ses soucis à propos d'Emily et du dentiste. Elle brûlait de voir enfin le souverain agonisant.

Une escorte silencieuse, montée sur pattes de velours, l'entraîna hors du garage des Jessop, puis à travers les jardins le long de l'avenue Amiral-Tunnock. Dans le noir, Tacha ne savait pas très bien où elle était. Elle crut reconnaître le porche du numéro 26. Dans cette maison vivaient un couple de gens âgés, Mr. et Mrs. Watson, et un très vieux chat écaille de tortue que l'on n'avait plus vu dehors depuis des mois. S'agissait-il d'Entrechat IX ? Son cœur de petite chatte rousse tambourinait d'excitation quand elle s'enfila à la suite du long cortège silencieux dans la chatière des Watson. Cogneur retenait le battant avec sa gueule, afin qu'ils ne fassent aucun bruit. C'était vraiment extraordinaire, se dit-elle, de voir autant de chats se mouvoir dans un tel silence.

Elle trouva plus extraordinaire encore de traverser en douce la maison des Watson. Que diraient ses parents s'ils la voyaient ! Eux qui croyaient leur fille, une humaine ordinaire, sagement endormie dans sa chambre du numéro 18 !

L'assemblée féline s'entassa dans la cuisine obscure. Là, dans un énorme panier, le roi Entrechat IX était couché sur une couverture en laine. Il était très gros et ne bougeait absolument pas. Le prince Dandy tendit une patte et lui tapa l'arrière-train. Alors, il poussa un grognement sourd et ouvrit lentement les paupières.

– Toujours vivant, à ce que je vois, marmonna le prince héritier. Je voulais juste vérifier.

Tacha ne pouvait détacher les yeux des jouets éparpillés autour du panier royal. Il y avait des balles, des clochettes, des souris en caoutchouc, des coussins, et même une carotte en tissu bourrée de croquettes pour chat. Tout à coup, Jolie-Minette vit tous ces objets comme des trésors éblouissants. Sa partie humaine se souvint de la visite qu'elle avait faite avec sa classe à la Tour de Londres, pour y voir les joyaux de la couronne. Cette souris qui couinait et ces balles à grelots lui paraissaient aussi magnifiques et aussi précieuses que les diamants de la reine.

– Approche, fille-chat, miaula le roi d'une voix rauque, quand Cogneur lui eut expliqué la raison de leur visite. Viens plus près, que mes pauvres yeux fatigués puissent te voir.

Jolie-Minette trottina jusqu'au panier funéraire. Ce moment solennel l'intimidait beaucoup.

– Mon heure est proche, chuchota le vieux souverain. Le combat sera rude, mais la Sardine t'a envoyée à nous pour nous aider. Je peux partir en paix pour les Chats Élysées.

La partie humaine de Tacha fut prise d'une terrible envie de pleurer. Penser que ce beau vieux chat allait mourir lui brisait le cœur. Elle remarqua cependant que ce discours paraissait ennuyer grandement ses compagnons. Le Premier ministre se mit à lécher avec indifférence son poitrail roux et blanc.

– Soyez BÉNIS, Entrechats ! reprit le roi d'un ton sourd. Et toi, mon fils, ajouta-t-il en tendant une patte tremblante vers Dandy, gouverne nos chers sujets avec sagesse et bonté, ainsi que je me suis efforcé de le faire.

Il se laissa retomber sur sa couverture en exhalant une faible plainte, puis il y eut un long silence. Était-il mort ? se demanda Tacha. Mais, soudain, les moustaches royales frémirent. Tous les chats pointèrent les oreilles vers Entrechat IX, afin de capter ses dernières paroles.

– Est-ce que je flaire des croquettes au fromage ? demanda-t-il dans un murmure. J'en mangerais bien une…

– Ce n'est pas bon pour vous, dit la princesse Bing.

– Oh, laisse-le faire ! soupira son époux. De toute évidence, ce n'est pas ça qui le tuera.

Les humains d'Entrechat IX, alias Roudoudou, avaient pris soin de poser un petit bol de croquettes près de son panier. La princesse héritière en saisit une entre ses dents et la porta à son royal beau-père.

Tout à coup, un miaulement aigu retentit à l'extérieur de la cuisine. Tous les chats se figèrent, à l'exception de leur roi qui mâchait bruyamment sa croquette.

– Pas de panique, dit Cogneur. Ce n'est que Sardinelle. Je l'ai postée en sentinelle.

Il ajouta à l'intention de Tacha :

– C'est l'une de mes filles. Une gentille petite, qui vient de mettre au monde une belle portée de plus.

Sardinelle passa sa tête gris et blanc par la chatière.

– Les Chats-Puants ont fini leur litanie du soir, père, annonça-t-elle. Et moi, il faut que je rentre nourrir les enfants.

– Très bien, ma chérie. Cours vite, dit Cogneur.

– Un vrai trésor, cette Sardinelle, chuchota Mme Goulue à Tacha. Sa mère était l'une des sœurs Pish.

Jolie-Minette sentit sa gueule s'ouvrir toute seule en un énorme bâillement. Elle avait le cerveau trop encombré de nouveautés pour absorber encore un arbre généalogique félin. La queue traînante de fatigue, elle suivit Cogneur hors de la cuisine des Watson. Elle avait tellement sommeil qu'elle n'aurait su dire comment elle rentra chez elle.

Devant la porte de sa chambre, le général lui lécha affectueusement la figure.

– Merci de nous aider, dit-il. Maintenant, fille-chat, écoute-moi bien : quand j'aurai besoin de te parler, je poserai ma balle à grelots sur ton oreiller. Je préviendrai les autres que ce sera notre signal. Compris ?

– Compris, Cogneur. Bonne nuit.

À bout de forces, Jolie-Minette réussit miraculeusement à redevenir Tacha, à enfiler son pyjama abandonné et à se mettre au lit. Les dernières pensées qui l'effleurèrent avant qu'elle s'endorme comme une bûche étaient loin d'être roses. « Mission impossible », c'était ce qui l'attendait le lendemain. Aller de son plein gré chez le dentiste et se faire inviter par la pire peste de sa classe… Elle avait dû perdre la tête, pour promettre des trucs pareils !

Chapitre 5

« À POILS » CHEZ LE DENTISTE

Le lendemain matin, Tacha s'éveilla en sentant une odeur de toasts brûlés. Un grand soleil cognait contre son store à rayures rouges et bleues. Après son étrange aventure nocturne parmi les chats, tout paraissait incroyablement normal. Lorsqu'elle eut enfilé ses habits et dévalé l'escalier (le tout en quatrième vitesse), elle finit presque par se dire que cette histoire n'était qu'un rêve complètement dingue.

Mais Cogneur l'attendait de patte ferme, comme s'il se doutait de ce qu'elle pensait. Dès qu'elle s'assit, il sauta sur la table, sa balle à grelots dans la gueule.

– Bonté divine ! s'exclama Mr. Williams. Quelle mouche a piqué ce chat ?

Cogneur laissa choir sa balle dans l'assiette de Tacha et dévisagea fixement son humaine. Celle-ci soutint son regard, en essayant de lui envoyer des ondes positives : non, elle n'avait pas oublié ses promesses.

Armé du gant isolant, Mr. Williams frappa l'arrière-train du matou.

– Descends !

« Eric » sauta à terre, en manquant de peu de renverser la bouteille de lait. Tacha se racla la gorge ; elle avait intérêt à se jeter à l'eau tout de suite, avant de devenir trop nerveuse.

– Papa, pourrais-tu me prendre un rendez-vous chez Mr. MacWhish ?

– Mmm ?

Son père lisait une lettre d'un air absorbé, les sourcils froncés.

– J'ai besoin d'aller chez le dentiste, insista Tacha, malheureuse comme une pierre.

La chose était assez surprenante pour que Mr. Williams abandonne sa lecture et accorde toute son attention à sa fille. C'était bien la première fois qu'elle demandait à aller chez le dentiste ! D'habitude, il fallait plutôt l'y traîner.

– Pourquoi ? Qu'est-ce que tu as ? questionna-t-il.

– Je… je crois qu'un de mes plombages est… sur le point de tomber, articula péniblement Tacha, qui savait qu'elle mentait très mal.

Elle baissa les yeux sur son porridge, en se commandant de ne pas virer au cramoisi. Par bonheur, son père s'était replongé dans sa lettre.

– Pauvre chaton…, murmura-t-il. Je verrai si Mr. MacWhish peut te prendre après l'école.

Le cœur de Tacha se contracta.

– Merci.

– Cette histoire est ridicule ! s'écria soudain Mr. Williams en agitant la lettre. Je ne paierai sûrement pas !

– Tu ne paieras pas quoi ? demanda Tacha.

– C'est encore ce vieux Chapollion, ronchonna son père. Il est encore plus casse-pieds mort que vivant, à ce qu'il semble ! Cette lettre vient du directeur de cet horrible hôtel moderne, en Égypte. Il a mis près de deux ans pour me retrouver – et il compte sur moi pour payer la note du professeur ! Ce vieux fêlé lui a dit que j'étais son *alter ego*, paraît-il !

Tacha savait bien que la colère de son père était à la mesure de son chagrin. Elle avait vu le professeur quand elle était toute petite, mais elle n'ignorait pas que Mr. Williams portait une énorme affection à celui qui l'avait formé. Chapollion avait beau lui emprunter sans arrêt de l'argent qu'il ne lui rendait jamais, au point parfois de le mettre sur la paille, il avait beau s'inviter sans rien payer… et mettre le feu aux rideaux (c'était arrivé), le père de Tacha lui pardonnait toujours. « Il est comme ça, répondait-il à sa femme lorsqu'elle se plaignait. Que veux-tu, c'est un génie ! »

Depuis la disparition de son ami, il ne pouvait entendre le mot « crocodile » sans avoir les larmes aux yeux. Théodule Chapollion lui manquait beaucoup, c'était certain.

Pendant les cours de la matinée, Tacha repensa au vieil excentrique et regretta de ne pouvoir lui parler. Quel dommage, qu'il n'ait pu voir de quoi sa pierre magique était capable ! Elle aurait voulu l'interroger sur le mystérieux chat noir qui envahissait son cerveau quand elle se transformait. Se pouvait-il qu'il s'agisse du puissant dieu Pahnkh ? Recevait-elle des messages du dieu-chat en personne ? Et si tel était le cas, qu'est-ce que cette divinité égyptienne pouvait bien lui vouloir ?

– Tacha ! Réveille-toi ! Atterrissage pour Tacha Williams !

Tacha sursauta et cligna des paupières. Toute la classe la regardait en pouffant. Mrs. Slater se tenait devant elle, les mains sur les hanches. La maîtresse avait un visage jeune sous ses cheveux gris coupés très courts, et des tonnes de boucles pendaient à ses oreilles. Elle était plutôt gentille et décontractée en temps normal, mais elle ne supportait pas les élèves qui manquaient de concentration.

– Qu'est-ce que je viens de dire, Tacha ?

– Euh…

La coupable s'efforça de vider sa tête des chats, des sardines et des vieux archéologues qui l'occupaient.

– Vous disiez que le coût de la vie augmente.

– C'était il y a une demi-heure, ma fille. La prochaine fois que tu amèneras ta personne à l'école, n'oublie pas d'emporter ta cervelle avec !

La plaisanterie de Mrs. Slater fit rire tous les élèves. Tacha sentait sa figure devenir bouillante. Jamais elle n'avait été aussi rouge, aussi longtemps, se dit-elle. Cet état se prolongea pendant tout le cours de maths, et ses joues mijotaient encore à la première récréation. Emily et sa bande avaient squatté le meilleur banc, celui qui était à côté de la fontaine.

– Voici Tête-sans-cervelle qui arrive ! clama Emily.

– Tête-sans-cervelle ! reprirent les autres en chœur. Ta cervelle est restée sur la Lune ?

Un autre jour, Tacha se serait contentée de baisser la tête et d'aller se réfugier à l'autre bout de la cour. Mais ce jour-là, il fallait bien qu'elle se rappelle la promesse faite aux chats. Elle DEVAIT faire bonne figure à cette garce d'Emily, même si cela revenait à peu près à amadouer un serpent à sonnette.

Comment s'y prendre ? « Bonjour, Emily, aimerais-tu m'insulter jusqu'à ce que je pleure ? » Au désespoir, elle essaya d'adresser son plus gentil sourire à sa pire ennemie.

Emily eut un haut-le-corps.

– Quoi ? s'écria-t-elle d'un ton outragé. Tu oses me faire des grimaces, Tacha Williams ?

– Non ! protesta faiblement l'accusée. Je voulais juste…

Elle ne savait comment s'expliquer. Et si Emily Baines jugeait indigne d'elle de rendre ladite « grimace », ses copines se firent une joie de la remplacer : elles se mirent à loucher, à tirer la langue et à faire des pieds de nez jusqu'à ce que Tacha finisse par décamper, mortifiée. Inutile de chercher à devenir l'amie d'Emily, conclut-elle. Elle n'y arriverait jamais. Elle devrait donc se rabattre sur le plan B : forcer le traître Filou à lui avouer la vérité.

De retour chez elle, elle apprit que son père lui avait obtenu un rendez-vous chez le dentiste à quatre heures et demie.

Le cabinet du Dr. MacWhish se trouvait dans une rue voisine, à deux minutes de la maison. À quatre heures moins le quart, Tacha monta dans sa chambre, lugubre, pour se préparer à sa mission. Première précaution : elle devait choisir des habits faciles à enfiler en vitesse. C'était très important, car elle serait peut-être obligée de se rhabiller à toute allure, une fois redevenue fille.

Après avoir rejeté deux sweat-shirts au col trop serré et un jean au boutonnage trop compliqué, elle se décida pour son survêtement bleu et ses tennis à bandes Velcro. Elle ne mit rien sous son survêtement (ce qui lui fit un effet bizarre, comme si elle s'apprêtait à sortir en pyjama) et renonça à enfiler des chaussettes. Ses pieds sentiraient le fromage, mais tant pis. Enfin, elle glissa la pierre du professeur dans sa poche. Elle était prête.

Quand elle redescendit, son père la regarda bizarrement.

– Tu ne veux pas que je t'accompagne, tu es sûre ?

– Non, merci, répondit Tacha d'un ton ferme.

Pas question qu'il vienne, cela gâcherait tout !

– Mais tu n'es jamais allée chez le dentiste toute seule, insista Mr. Williams.

– Je ne suis plus un bébé, papa. En plus, c'est juste à côté.

– N'oublie pas ton manteau.

– Je n'ai pas besoin de manteau.

Il jeta un coup d'œil à la pendule accrochée au mur.

– Tu es trop en avance !

– J'aime bien lire les B.D. dans la salle d'attente, répondit Tacha. À tout à l'heure !

En se hâtant vers les villas de Bellevue, elle se sentait nerveuse. Filou serait peut-être dangereux. De maléfiques Chats-Puants sans pitié allaient peut-être l'attaquer. Si elle ne gardait pas la tête froide, elle risquait d'être gravement blessée – ou même tuée. Et si les Chats-Puants la tuaient, qu'adviendrait-il de son cadavre ? Serait-elle une petite chatte morte ou une fille morte ? Est-ce qu'on l'enterrerait dans un massif de fleurs, ou est-ce que ce pauvre Mr. MacWhish serait arrêté pour meurtre ?

Ressaisis-toi ! se dit-elle avec colère. Tu ne retrouveras jamais la Sardine sacrée si tu cèdes à la panique !

Le dentiste habitait une jolie maison blanche avec une porte verte. Il y avait deux sonnettes, une qui indiquait « Cabinet », et l'autre « Privé ». La famille MacWhish vivait dans les étages supérieurs, en compagnie du chat qu'ils appelaient Hamish. Tacha appuya sur la sonnette « Cabinet ». Ainsi qu'elle l'espérait, le dentiste était occupé avec un patient – elle pouvait entendre l'horrible sifflement de la roulette derrière la porte close. Elle expliqua à la réceptionniste qu'elle s'était trompée d'heure, mais que cela ne lui faisait rien d'attendre, et elle pénétra dans la salle d'attente.

C'était une pièce déprimante au possible, avec quelques fauteuils trop durs, un aquarium et une pile de magazines défraîchis. Tacha consulta la pendule : il lui restait vingt-cinq minutes avant son rendez-vous.

C'était le moment de passer à l'action. Et voilà qu'à l'instant où elle se préparait à repasser en douce devant la réceptionniste pour aller chercher Filou, le traître en personne entra en se dandinant !

Comme son père, le jeune chat était surtout blanc, avec des taches d'un gris argenté. Il était plus petit et plus maigre que l'imposant vieux général. Tacha l'observa pendant qu'il se promenait autour de la pièce, reniflant les plinthes. Lorsqu'il tourna la queue et ressortit tranquillement dans le vestibule, elle était prête.

Elle sortit sans bruit, à quatre pattes pour ne pas être vue de la réceptionniste cachée derrière son haut bureau (ce qu'elle aurait l'air ridicule si on la surprenait dans cette position !). Puis, une main serrée sur le morceau d'albâtre qui se trouvait dans sa poche, elle suivit Filou dans l'escalier qui partait du vestibule.

Il fallait qu'elle se change en chat le plus vite possible, pour le cas où elle tomberait sur Mrs. MacWhish ou ses deux grands costauds de fils. Par chance, l'appartement familial était silencieux. À part la roulette qui résonnait en bas, Tacha n'entendait qu'un aspirateur qui ronflait à l'étage supérieur. Si elle se débrouillait correctement, personne ne se douterait jamais de rien.

Filou se glissa dans l'entrebâillement d'une porte. Tacha le suivit : elle était dans une chambre d'amis, presque vide et très tranquille. La fenêtre était entrouverte. Le fillette n'aurait pas cru qu'un chat puisse passer par une fente aussi étroite, mais Filou s'y engouffra et sauta du rebord. Tacha le vit bondir dans une gouttière, puis de la gouttière sur le toit d'un appentis, et de là sur la pelouse.

Elle n'avait pas une seconde à perdre. Elle posa la pierre au milieu du grand lit plat, pour être sûre de la retrouver sans peine quand sa mission serait terminée, puis elle inspira à fond. La magie allait-elle fonctionner, cette fois encore ? Tout de suite, elle vit apparaître la face noire et les prunelles jaunes du chat mystérieux. Comme d'habitude, elle demanda à être admise dans le temple. Et, de nouveau, le sortilège se répandit dans ses veines.

Elle était Jolie-Minette, capitaine par intérim. De ses petites pattes couleur de flammes, elle piétina son survêtement vide et ses énormes tennis. Sa partie humaine était assez terrifiée, mais sa partie féline savait exactement ce qu'elle devait faire. Son corps menu s'étira comme de la cire fondue pour pouvoir franchir la fenêtre, et hop ! Une fois dehors, elle se lança à toute allure sur les traces de Filou. Où avait-il filé ? Elle flaira l'odeur furtive et coupable du traître – et constata que cette odeur sortait à pleins tubes de derrière la cabane à outils.

Filou, la queue en l'air, s'affairait à enterrer quelque chose dans la terre meuble.

– Stop ! Ne bouge plus ! siffla bravement Jolie-Minette.

Le jeune félon sursauta et se mit à trembler comme une feuille.

– Montre-moi ce que tu enterres ! ordonna la capitaine. Et ensuite, retourne-toi lentement, les pattes en l'air !

C'était ainsi que parlaient les policiers à la télévision. Maintenant qu'elle était en présence du jeune chat, Tacha n'avait plus peur de lui : elle se rendait compte que c'était juste un petit écervelé, lâche et peureux, pas du tout dangereux.

– Oui, oui ! glapit-il. Tout ce que tu voudras, mais ne me griffe pas ! Ne me mords pas !

Il récupéra l'objet en question, le prit dans sa gueule et pivota, les pattes de devant en l'air.

Ce n'était pas la Sardine espérée. C'était une balle à grelots, en plastique jaune, identique au jouet favori de Cogneur.

– Je cachais mes économies ! se lamenta Filou. Tu ne vas quand même pas voler les maigres réserves d'un pauvre petit chat indigent !

– Ce ne sont pas tes économies qui m'intéressent, tu le sais très bien, déclara sèchement Jolie-Minette. Dis-moi où tu as mis ce que je cherche, et cette guerre ridicule sera finie.

– Je ne sais pas de quoi tu parles ! protesta Filou.

Tacha soupira.

– Ne me fais pas marcher, Filou. La Sardine sacrée a été volée et tu sais où elle est.

Le jeune chat retrouvait un peu de courage. Il prit un petit air insolent et ricana.

– Peut-être, peut-être pas… Dis à mon père de venir lui-même, la prochaine fois.

Malgré son ton acerbe, Tacha nota que son regard était triste. Elle s'efforça d'adoucir sa voix de chatte :

– Avoue-moi tout et reviens avec moi chez les Entrechats, Filou. Je suis sûre qu'ils te pardonneront.

Filou secoua la tête, lugubre.

– Je ne peux pas. Je suis un Chat-Puant, maintenant.

– Pourquoi ? Tu ne vas pas prétendre que tu les aimes, quand même ? Ces chacripants te terrifient, comme ils terrifient tous les chats convenables. Oh, Filou… Pourquoi t'es-tu brouillé avec Cogneur ?

– Il a refusé de me faire monter en grade, répondit le jeune chat, la mine boudeuse. Mon PROPRE PÈRE n'a pas voulu que je devienne un officier. Je ne suis qu'un pauvre CHAPLAPLA, d'après lui !

Tacha comprit que l'insulte était grave. Dans le langage des chats, « chaplapla » devait au moins signifier « débile »…

– Griffu Chat-Puant, lui, a promis de me nommer lieutenant, quand il sera roi ! reprit Filou avec vigueur. Tu vois !

– Cogneur regrette sûrement de t'avoir traité de chaplapla, insista Jolie-Minette, charmeuse. Allez, viens !

Filou se mit soudain à la renifler, soupçonneux.

– Et d'abord, qui tu es, toi ? Ton odeur est bizarre. Elle ne me revient pas du tout.

Tacha éluda la question :

– JE T'EN PRIE ! Sauvons la Sardine et rentrons à la maison.

Filou pouffa sottement et lécha les grains de terre qui étaient restés entre ses griffes.

– J'ignore où elle est ! Il n'y a que Griffu et le commandant Chairapaté qui le savent. Et s'ils ne me l'ont pas dit à MOI, ce n'est pas à TOI qu'ils le diront !

Brusquement, sa patte droite se détendit à la vitesse d'un éclair et paf ! il frappa Jolie-Minette à la tête. Ce n'était pas un coup trop méchant, mais il fit quand même assez mal.

– MAAOUU ! glapit Tacha, furieuse.

Sans réfléchir, elle décocha un direct dans la mâchoire du jeune chat. Celui-ci poussa un cri terrible, aussi désagréable qu'un grincement d'ongles sur le tableau de la classe. Après quoi, il détala vers le milieu de la pelouse (en bousculant la petite chatte rousse au passage) et se mit à courir en rond comme un damné, en braillant de toutes ses forces :

– Au secours ! À moi ! Venez me sauver !

Tacha était hors d'haleine et elle avait la tête qui tournait un peu, après ce soufflet. Elle rassembla toute son énergie, s'attendant à voir surgir une armée de Chats-Puants enragés – mais voilà que la porte donnant sur le jardin s'ouvrit et que la jolie assistante du dentiste se précipita vers eux en courant.

– Hamish, pauvre petit chéri ! s'écria-t-elle. Est-ce que cette horrible chatte t'a attaqué ?

Filou s'arrêta de hurler et poussa des miaulements pathétiques. La jeune femme le prit dans ses bras et posa un baiser sur sa tête.

– Là, c'est fini…, murmura-t-elle d'une voix caressante. Je vais m'occuper de toi.

Les sourcils froncés, elle jeta un coup d'œil virulent à Tacha.

– VA-T'EN, TOI !

– Oui, VA-T'EN ! miaula Filou d'un air supérieur, du haut de son perchoir. Et ne t'avise pas de revenir ! Dis à mon père qu'il devra m'appeler « MONSIEUR », quand Griffu sera roi. Et nous verrons alors qui sera le CHAPLAPLA !

L'assistante l'emporta dans la maison. Par la fenêtre, Tacha vit qu'elle lui donnait un bâtonnet à la viande.

Quelle lavette, ce chat ! pensa-t-elle avec mépris.

Elle n'avait pas trouvé la Sardine sacrée, mais elle était certaine que Filou en savait plus qu'il ne voulait l'admettre. Elle décida de demander à Cogneur qui était ce commandant Chairapaté. En attendant, toutefois, elle devait se dépêcher de redevenir une fille, avant que la réceptionniste s'aperçoive qu'elle n'était plus dans la salle d'attente.

Regagner la chambre s'avéra plus difficile qu'en descendre. Tacha-la-chatte avait des crampes dans les pattes quand elle atteignit enfin le rebord de la fenêtre, après avoir escaladé la gouttière. Elle se comprima l'estomac pour rentrer et constata avec soulagement que la pierre du professeur était toujours sur le lit. Elle se jeta à plat ventre dessus. Deux ou trois minutes plus tard, elle était redevenue une fille. Mais lorsqu'elle voulut se rhabiller, elle découvrit que ses vêtements avaient disparu !

La panique lui emballa le cœur. Catastrophe ! Elle se retrouvait TOUTE NUE CHEZ LE DENTISTE ! C'était pire que le pire de ses cauchemars, quand elle rêvait qu'elle était nue devant toute la classe. Et ce n'était pas un rêve, c'était la réalité ! Où étaient ses habits, pour l'amour du ciel ?

Elle entendit la réceptionniste qui appelait, en bas :

– Tacha Williams !

Son sang ne fit qu'un tour. UNE IDÉE ! Il fallait qu'elle trouve une idée !

Il faisait froid, dans cette maudite chambre. Son corps nu était couvert de chair de poule. Oh, là, là !…

Si quelqu'un la trouvait dans cette situation, elle en MOURRAIT de honte. Et comment s'expliquerait-elle ? Cette fois, sa mère la croirait folle pour de bon.

Désespérée, elle arracha le couvre-lit, s'enveloppa dedans et alla jusqu'à la porte. Le palier était désert. L'aspirateur ronflait toujours en haut, mais la roulette s'était arrêtée.

– Tacha Williams, s'il vous plaît !

De l'autre côté du palier, la porte de la salle de bains était entrouverte. Il serait plus correct de se couvrir d'une serviette, pensa Tacha. Elle jeta la courtepointe sur le lit et courut vers la pièce d'en face. Soudain, alors qu'elle attrapait un drap de bain jaune, elle aperçut une forme familière qui pendait hors du panier à linge : une manche de son survêtement bleu !

– Merci, Grand Poisson ! murmura-t-elle avec tant de gratitude qu'elle ne se demanda pas tout de suite pourquoi elle remerciait un poisson.

Quelqu'un avait mis ses habits au sale… et ses tennis étaient sous le lavabo. Quelle chance ! Tremblante de soulagement, elle pêcha son survêtement (Berk ! Il était sur une blouse de Mr. MacWhish…). En une poignée de secondes, elle fut habillée de pied en cap, le morceau d'albâtre en sûreté dans sa poche, et elle se rua au rez-de-chaussée.

– Tacha ?

La réceptionniste se tenait sur le seuil de la salle

d'attente, l'air perplexe. Pour une fois, Tacha réussit à ne pas rougir jusqu'à la racine des cheveux en lui expliquant lamentablement « qu'elle s'était perdue ».

– Allez, entre ! dit l'employée en la poussant vers la porte de la salle de soins.

– Ah, Taaacha ! déclara le dentiste équipé de sa blouse blanche, de ses gants de caoutchouc et de ses atroces narines poilues.

Son assistante souriait, gracieuse. Elle était loin de se douter qu'elle venait de chasser sa patiente du jardin en lui criant « Va-t'en ! »

Beaucoup plus tard, alors que ses parents la croyaient endormie, la capitaine Jolie-Minette fit son rapport au général en retraite Cogneur Duracuire.

– Tout s'est passé de travers ! miaula-t-elle d'un ton courroucé. Je n'ai pas réussi à devenir l'amie de l'humaine de Griffu, je n'ai pas retrouvé la trace de la Sardine et j'ai eu droit à un plombage, par-dessus le marché !

Son mensonge s'était révélé exact, en fait. Après les frayeurs qu'elle venait d'avoir dans le jardin et au premier, elle avait dû subir une piqûre anesthésiante, le supplice de la roulette et une vue imprenable sur les poils noirs du dentiste. L'horreur totale. Il fallait qu'elle trouve un autre moyen de récupérer la Sardine, c'était clair !

Cogneur la renseigna sur le commandant Chairapaté.

– Tiens-toi à bonne distance de lui, conseilla-t-il. C'est la patte droite de Griffu. D'après mes espions, il prévoit un raid cette nuit même, dans le conduit de la Destinée.

– Un raid ? répéta Tacha. En quoi cela consiste-t-il ?

Le regard posé de Cogneur avait viré au noir sous l'effet de la fureur.

– Cela consiste en une BATAILLE et elle va être rude, c'est moi qui te le dis ! Je m'y rendrai accompagné d'une escouade de mes meilleurs chats, triés sur le bout des griffes. Moi vivant, il ne prendra pas ce conduit !

Jolie-Minette frémit. La façon dont le vieux chat s'exprimait faisait vibrer la pointe de ses moustaches.

– Je veux aller avec toi ! dit-elle.

– Non, capitaine, refusa Cogneur d'un ton ferme. Tu dois me promettre de garder ta forme humaine, sauf si je te donne le signal de la balle à grelots. La bataille de la Destinée ne sera pas pour les chatons !

Chapitre 6

LES CHATS ÉLYSÉES

Le lendemain matin de bonne heure, avant que Tacha se soit habillée et que Mrs. Williams ait quitté la maison, Cogneur franchit péniblement la chatière, couvert de sang.

– Cogneur ! souffla Tacha en courant s'agenouiller près de lui. Qu'est-ce qu'ils t'ont fait ?

L'oreille droite du vieux chat était vilainement déchirée. Du même côté, sa figure était maculée de boue et de sang séché. Il s'affala sur le sol de la cuisine. Quand Tacha le caressa, il lui lécha faiblement la main. Tout cela, ajouté à l'expression chagrinée de ses bons yeux, indiquait clairement que les Entrechats avaient perdu la bataille de la Destinée. Combien d'autres chats innocents avaient été blessés ? se demanda Tacha. À cette idée, elle fondit en larmes.

Mr. et Mrs. Williams se montrèrent très gentils : eux non plus ne supportaient pas de voir souffrir leur chat. Néanmoins, ils furent un peu surpris de voir leur fille aussi bouleversée.

– Non, tu ne manqueras certainement pas l'école ! déclara Mrs. Williams. Personne ne prend un jour de congé parce que son chat s'est battu, voyons ! Ne te mets pas dans un état pareil, chérie : Eric se remettra très vite.

Elle mit le courageux général vaincu dans son panier et partit avec lui chez le vétérinaire en se rendant au bureau.

La journée parut de nouveau très longue à Tacha, isolée du reste de la classe. Emily et sa clique lui firent des grimaces pendant toutes les récréations et lui lancèrent même des flèches en papier durant le cours de musique de l'après-midi (Mr. Martin ne regardait que le piano ; on pouvait tout faire – et tout subir – dans son dos, il s'en moquait). Pour une fois, Tacha prêta à peine attention à ces méchancetés. Elle était trop inquiète pour Cogneur. Allait-il se relever de sa défaite ? Les Entrechats avaient-ils juste perdu une bataille, ou bien toute la guerre ? Et le pauvre roi mourant, avait-il déjà été emmené en esclavage par les Chats-Puants ?

Dès la fin des cours, elle se précipita chez elle. Cogneur dormait au salon, confortablement installé sur un fauteuil par Mr. Williams. Allongé sur sa couverture en tricot, sa souris préférée près de lui, il tenait sa balle chérie sous une patte.

– Le vétérinaire lui a recousu l'oreille, les piqûres vont l'affaiblir un jour ou deux, expliqua le père de Tacha. Mais il a beau ne plus être tout jeune, il paraît qu'il est dans une forme superbe.

Cogneur entrouvrit les paupières et sourit à Tacha, cela ne faisait aucun doute. Elle lui entoura le cou de ses deux bras en veillant à ne pas toucher sa blessure de guerre.

– Oh, Cogneur ! Je suis si contente que tu ailles bien ! dit-elle.

– C'est la deuxième fois que tu l'appelles ainsi, remarqua son père. Lui as-tu donné un nouveau nom ? Faut-il lui faire graver une autre médaille ?

– Non, c'est juste un surnom qui m'est venu comme ça, parce qu'il aime bien se battre, répondit Tacha.

Elle aurait bien voulu raconter toute l'histoire à son père, mais comment le faire sans paraître complètement timbrée ?

La fin de la journée se déroula paisiblement.

Cogneur ronflait dans son fauteuil, Tacha rédigea son devoir de géographie et regarda la télévision avant le dîner, qu'elle prit avec son père et sa mère pour une fois. Elle monta se coucher à l'heure habituelle.

À sa vive stupeur, elle découvrit la balle jaune sur son oreiller. Elle n'avait pas vu bouger son chat, pourtant ! Il avait dû monter pendant qu'ils mangeaient, se dit-elle. Il y avait une autre urgence, apparemment, mais elle ne pouvait prendre le risque de se changer en chatte tant que ses parents n'étaient pas couchés. Elle régla la sonnerie de son réveil sur une heure du matin et s'endormit, pas très à l'aise.

D'ordinaire, Tacha mettait un temps fou à se réveiller. Cette fois-ci, cependant, elle se redressa d'un bond dans son lit dès qu'elle entendit le « bip-bip » de son réveil. Ses passages dans la peau d'un chat avaient dû la changer et la rendre plus alerte, pensa-t-elle. Sans perdre un instant, elle empoigna la pierre du professeur et se soumit sans problème aux diverses phases de sa métamorphose. C'était presque de la routine, maintenant. Devenue Jolie-Minette, elle trottina jusqu'à sa porte (qu'elle avait laissée entrouverte exprès) et cavala jusqu'au rez-de-chaussée.

Cogneur n'était plus à sa place. Elle renifla l'air du salon et crut distinguer son odeur parmi toutes celles qui foisonnaient autour d'elle, mais il était invisible.

– Cogneur ? miaula-t-elle doucement. Je suis là !

Pas de réponse. Peut-être qu'il l'attendait dehors, se dit-elle. Sans bruit, elle se rendit à la cuisine et sauta à travers la chatière. Le jardin était sombre, la nuit fourmillait d'odeurs et de sons, mais il n'y avait toujours aucune trace du général. Était-il plus fatigué qu'il ne le pensait ? Était-il retourné se coucher dans son panier ? Elle n'avait pas regardé en passant.

Jolie-Minette revint en arrière, prête à rentrer dans la maison, quand elle sentit soudain un grand coup s'abattre sur sa tête. Le monde se mit à tourner autour d'elle, tandis qu'une vive douleur lui traversait la figure. Elle ouvrit la gueule pour crier, mais une patte osseuse la bâillonnait. Elle eut beau se débattre de toutes ses forces, elle ne put se libérer. Étourdie de souffrance et de terreur, elle se laissa pousser rudement dans l'obscurité.

Elle était tombée dans un piège ! pensa-t-elle, affolée. Un de leurs ennemis connaissait son secret – et le signal de la balle sur l'oreiller ! Il s'en était servi pour la kidnapper, et maintenant personne, ni un chat ni un humain, ne savait où elle était !

Une voix de chatte, diabolique, lui siffla à l'oreille :

– Cesse de te tortiller, ma belle, sans quoi on te TUERA !

L'air empestait la méchanceté des Chats-Puants. Ils étaient plusieurs autour d'elle. Tacha avait beau se répéter sans arrêt qu'elle devait se montrer courageuse, elle ne s'était jamais sentie aussi abattue de sa vie. Où la conduisait-on ? Que lui voulaient ces rustres ? Elle comprit qu'on lui faisait traverser l'avenue. Elle huma l'odeur de terre mouillée d'un jardin potager. Les kidnappeurs la poussèrent de l'autre côté d'une porte et la jetèrent sur un plancher tout sale, plein d'échardes. En passant sa langue sur ses babines, Jolie-Minette reconnut un goût de sang.

– On l'a eue ! déclara la cruelle voix de chatte. L'information était correcte.

– Bien joué, ma chère. Bravo, commandant Chairapaté.

En entendant l'horrible miaulement de Griffu Chat-Puant, Jolie-Minette sentit ses poils se hérisser de frayeur. On l'avait conduite tout droit dans le quartier général ennemi – situé dans le jardin de derrière des Baines.

Avec peine, elle se redressa sur son séant. Ses sens humains lui permirent de reconnaître qu'elle se trouvait dans une serre encombrée de pots de fleur, de pelles, de bêches, de plateaux de semences et de sacs de terreau. Griffu Chat-Puant trônait sur une tondeuse à gazon. Derrière lui était assise une chatte blanche, avec des taches noires et châtaines sur le dos.

– Voici ta future reine, Pantéra Chat-Puant, cheftaine de notre clan, première de mes huit épouses et mère de mes deux premières portées, déclara Griffu. C'est elle qui t'a griffé la figure, juste pour te montrer de quoi elle est capable.

Pantéra gratifia leur prisonnière d'un sourire féroce. Ses griffes acérées luisaient comme des poignards dans la pénombre. Tacha la reconnut. Dans le monde humain, elle s'appelait Fifille et habitait la supérette indienne de Pole Crescent. Elle trônait tout le temps dans la vitrine, au milieu de bouteilles poussiéreuses.

Une affreuse voix de matou demanda alors :

– Dois-je la TUER maintenant, chef ?

– Patience, Chairapaté, patience, répondit Griffu. Pour l'instant, cette créature nous est plus utile VIVANTE.

Tacha s'efforçait désespérément de réfléchir. Quand elle avait surpris Filou en train de creuser le jardin du dentiste, elle avait cru qu'il enterrait sa balle… alors qu'il devait la *déterrer*, pour lui jouer ce mauvais tour ! Comment les Chats-Puants pouvaient-ils connaître le signal confidentiel de Cogneur ? Comment savaient-ils qui elle était ? Les Entrechats avaient tous juré de garder le secret, et pourtant l'un d'eux l'avait trahie ! Cette pensée l'inquiéta et la rendit malade de dégoût.

– Nous nous sommes déjà rencontrés, reprit Griffu. Tu peux t'incliner devant ton roi, fille-chat.

Malgré sa terreur, la moutarde monta au museau de Jolie-Minette.

– Tu n'es pas mon roi ! répliqua-t-elle.

– Laissez-moi l'interroger, chef, siffla Chairapaté.

C'était un superbe matou au pelage brillant, rayé de gris et de noir, mais son expression menaçante fit frémir Tacha. Ses crocs étincelèrent quand sa gueule s'étira en un rictus sardonique.

– Chaque chose en son temps, commandant, répondit Griffu avec un petit rire. Vous devez d'abord aller prévenir les Entrechats que leur « agent spécial » est entre nos pattes. S'ils veulent la revoir vivante, ils ont intérêt à nous rendre Chaparda !

Il foudroya Tacha du regard.

– C'est la GUERRE, humaine ! La nuit dernière, au cours de la bataille, les Entrechats ont ENLEVÉ notre fille !

– Ils n'auraient jamais fait une chose pareille ! se récria Tacha. Ses pauvres maîtres vont penser qu'ils l'ont perdue !

Un vilain rire parcourut les rangs des Chats-Puants.

– Elle s'inquiète pour des humains ! ricana Pantéra. Comme si nous nous souciions des grands bêtas qui nous fournissent notre nourriture ! Quand vous êtes en guerre, VOUS, est-ce que vous pleurnichez sur vos DOMESTIQUES ?

– Je vais t'expliquer, fille-chat, intervint Chairapaté. Chaparda est la fille aînée de Griffu, l'« élue » qui dirigera les Chats-Puants à sa place lorsqu'il sera parti pour les vertes pelouses des Chats Élysées. Et elle doit M'ÉPOUSER, tout est arrangé. Aussi, si ce grotesque Chabellan ne nous la renvoie pas sur-le-champ, c'est TOI que nous renverrons chez toi – MORTE !

– Tu ne seras plus jamais humaine, précisa Griffu d'un ton sifflant. Tu seras juste un petit chat mort de plus, qu'on jettera à la poubelle !

Jolie-Minette déglutit péniblement plusieurs fois. Sa gorge la brûlait, elle éprouvait une terrible envie de glapir, puisqu'elle ne pouvait pas pleurer, mais elle était bien décidée à ne pas lâcher les Entrechats en montrant sa peur et son désespoir.

– Si vous agissez ainsi, déclara-t-elle d'une voix étranglée, vous ne vous en tirerez jamais ! En supposant que… qu'un malheur m'arrive, le régiment du général Duracuire vous anéantira, tous autant que vous êtes !

– Sûrement pas ! coupa Pantéra. Car nous serons soutenus par le pouvoir de la Sardine sacrée ! Quand nous l'aurons, le royaume des chats nous appartiendra tout entier !

– Une minute…, reprit lentement Tacha. Pourquoi dites-vous : « Quand nous l'aurons » ? Vous ne l'avez donc pas déjà volée ?

La face étroite de Griffu, contractée par la rage, devint hideuse.

– SSSSILENCCCE ! siffla-t-il. Elle est À NOUS, c'est tout ce que tu as besoin de savoir !

– Et toutes les conduites et les canalisations de la Destinée nous appartiennent, désormais, ajouta Chairapaté. Ton vieux sac à puces de général t'a-t-il dit que c'est moi qui lui ai mordu l'oreille ? Tu pourras lui faire savoir qu'elle était DÉGOÛTANTE à croquer, si tu le revois un jour !

– Enfermez-la ! ordonna Griffu.

Pantéra et le commandant poussèrent Jolie-Minette dans un gros pot de fleur couché sur le côté. Puis ils le renversèrent sur elle, et elle se retrouva coincée dans une prison de terre cuite. À part le petit trou percé au-dessus de sa tête, c'était le noir complet. Grâce à ses fines oreilles de chatte, elle entendit les trois Chats-Puants quitter la serre. Elle était seule.

Elle se laissa choir en un petit tas tremblant sur le sol rugueux et émit des miaulements désespérés. Qui viendrait la chercher ici ? Les Chats-Puants allaient la mordre et la griffer à mort. Ses pauvres parents ne sauraient jamais ce qu'elle était devenue. Elle ne pourrait plus jamais leur dire qu'elle les aimait très, très fort. Quand sa partie humaine eut bien sanglote et sa partie féline bien gémi, elle s'endormit, épuisée.

Elle s'éveilla en entendant son nom, chuchoté d'une voix pressante :

– Capitaine Jolie-Minette ! Capitaine Jolie-Minette ! Est-ce que tu m'entends ?

La tête de Tacha était lourde de sommeil, d'épouvante et de douleur, car la griffure qui lui cisaillait la figure la cuisait horriblement. Il lui fallut un moment pour reconnaître la voix de la chatte voisine, Gourmandine Goulue. Son cœur bondit d'espoir dans son poitrail.

– Oui ! répondit-elle à mi-voix. Je suis là ! Mais je ne peux pas sortir de sous ce pot, il est trop lourd !

– Écoute-moi bien, murmura Mme Goulue. Nous nous trouvons au beau milieu du camp des Chats-Puants. Ici, c'est le territoire de Griffu, et tant que nous y traînerons, notre peau ne vaudra pas une croquette. Fais ce que je te dis et tiens-toi aussi coite qu'un poisson, compris ?

– Compris. Comment m'avez-vous trouvée ?

– J'ai tout vu, ma petite chérie, chuchota Gourmandine. Quand Pantéra et Chairapaté t'ont kidnappée, je les ai suivis. Ensuite, j'ai attendu que le commandant file porter son message pour entrer.

– Est-ce qu'ils ont dit la vérité ? Est-ce que vous avez enlevé la fille de Griffu ?

La grosse chatte souffla avec mépris.

– Bien sûr que non ! N'écoute pas les mensonges de ces chacripants.

– Mais Griffu et Pantéra sont persuadés que vous retenez Chaparda prisonnière !

– Peut-être qu'elle a fugué parce qu'elle ne pouvait plus supporter son horrible famille, suggéra Mme Goulue.

– Ouf ! Je suis contente de savoir que vous n'y êtes pour rien ! dit Tacha soulagée. Je sais ce que c'est que d'être une otage, maintenant. Merci d'être venue à mon aide.

– Ne me remercie pas encore, petite, déclara Gourmandine d'un ton bref. Nous sommes gravement en danger, ici. Je vais pousser ta prison vers la porte. Toi, tu la pousseras de l'intérieur avec tes pattes de devant. Compris ?

– Oui !

– Alors, allons-y. Un, deux, trois… POUSSE !

Les deux chattes unirent leurs efforts. Au début, le pot de fleur ne bougea pas d'un pouce. Puis il commença à glisser, lentement, et au bout d'un moment il se trouva en équilibre sur le seuil de la serre. L'espace libéré suffit à Jolie-Minette pour se faufiler dehors. Elle était sauvée ! Avec bonheur, elle emplit ses petits poumons de l'air frais de la nuit.

Mme Goulue reniflait tant qu'elle pouvait, en pointant ses oreilles marron dans toutes les directions du camp des Chats-Puants. Tout était tranquille, mais l'odeur de danger était très forte. En tant qu'humaine Tacha n'aurait pas su décrire cette odeur-là, mais en tant que chatte elle la reconnaissait parfaitement : c'était une odeur acide, coupante, qui faisait galoper son cœur dans son poitrail roux.

– Allons-nous cacher sous la haie, chuchota Gourmandine. Reste aussi près de moi que tu le pourras !

D'un bond, elle plongea sous les buis taillés. Jolie-Minette la suivit. Il y avait très peu de place entre les branches et la terre, et elles durent s'aplatir comme deux crêpes pour ramper vers la sortie.

– Il va falloir traverser les Déserts royaux, expliqua par-dessus son épaule la quatrième épouse de Cogneur. Une zone à découvert, très dangereuse. Dès que nous l'aurons franchie, nous serons en sûreté, sur le territoire des Entrechats. Si nous nous perdons et que tu rencontres notre patrouille, le mot de passe est « Tchiiii ». As-tu compris, ma chérie ?

– Oui, madame Goulue, répondit Tacha en s'efforçant de paraître plus calme qu'elle ne l'était en réalité, car cette traversée entre les deux trottoirs, véritable *no cat's land* qui séparait les deux camps ennemis, la terrifiait.

Arrivée au bout de la haie, Gourmandine obliqua dans l'allée qui menait au portillon, Jolie-Minette sur les talons. Et là…

– SSSTOPP !

Du haut d'une poubelle, une silhouette fondit sur elles telle une fusée et leur coupa abruptement le chemin. Mrs. Goulue laissa échapper un petit couinement horrifié. C'était Pantéra, tous les poils hérissés, comme si elle avait enfilé sa queue dans une prise électrique.

– Dégage, Gourmandine Goulue ! glapit-elle. La fille-chat M'APPARTIENT !

– Tu ne me fais pas peur, Pantéra Chat-Puant, rétorqua Gourmandine d'un ton calme. Tu n'es qu'une CHALIPETTE !

Ce terme, qui ne faisait vraiment pas sérieux, devait être une terrible insulte, pensa Tacha, stupéfaite que son amie ose parler ainsi à l'épouse de Griffu Chat-Puant.

– Chalipette toi-même, vieille CARPETTE MITÉE ! siffla Pantéra. Rends-moi cette humaine, ou tu vas le regretter !

– Tu sais très bien que je ne le ferai pas, riposta Gourmandine. On ne doit pas causer de mal à un humain, c'est une des lois fondamentales édictées par la Sardine sacrée. Tout chat qui enfreint cette loi est DAMNÉ !

Pantéra émit un rire grinçant, affreux à entendre.

– C'est nous qui édictons les lois, maintenant. La Sardine n'est plus qu'une servante à notre service, nous lui avons confisqué son pouvoir !

Gourmandine frémit. Elle paraissait terriblement choquée par la façon dont Pantéra parlait de la Grande Déesse. Gardant ses yeux verts rivés sur son adversaire, elle demanda à Jolie-Minette, toujours aussi calme :

– Fille-chat, veux-tu être très courageuse et faire exactement ce que je vais te dire ?

– Ou… oui, madame Goulue, répondit la petite chatte rousse d'une voix mal assurée.

– N'aie pas peur, ma chérie. Je ne laisserai pas cette ORDURE poser ses sales pattes puantes sur toi.

Pantéra poussa un feulement furieux :

– Tu l'auras voulu, VIEILLE PEAU !

– Cours, marmonna Gourmandine à sa protégée. Cours de toutes tes forces et ne t'arrête pas avant d'avoir franchi la frontière !

Tacha fondit en larmes (ce qui se traduisit par des plaintes déchirantes de Jolie-Minette). Il lui coûtait horriblement d'abandonner sa vieille amie face à cette diablesse de Pantéra, mais il n'y avait pas à discuter, elle le savait. Elle détala à toutes pattes par-delà le portillon, traversa le trottoir ennemi et s'élança dans la large étendue désolée des Déserts royaux.

Derrière elle, un hurlement épouvantable retentit, suivi d'un miaulement de douleur de Mme Goulue. Il fallait qu'elle aille chercher de l'aide, vite ! se dit-elle avec angoisse. La pauvre Gourmandine n'était plus assez jeune pour affronter cette mégère. Enfin, gémissante et tremblante, elle bondit dans le havre de sécurité réservé aux Entrechats.

Immédiatement, elle fut entourée par une horde de félins. Une voix familière s'exclama :

– Par les arêtes et les écailles de la Divinité ! Tu es saine et sauve !

C'était Cogneur. Il était encore faible, mais son ancien esprit batailleur étincelait dans ses prunelles et son oreille déchirée lui donnait l'air d'un vrai dur à cuire.

– Elle n'a pas de mal ! cria-t-il aux autres chats. Rappelez la brigade de recherche !

Chabellan suivit en courant le mur sur lequel il était juché et sauta près de Jolie-Minette.

– Nous avons eu le message de Griffu, déclara-t-il. Nous nous apprêtions à aller te chercher. Quel soulagement ! Approche, que je lèche cette vilaine balafre sur ton museau.

– Ne vous occupez pas de moi, dit la rescapée d'un ton oppressé. Vous devez sauver madame Goulue. Elle m'a aidée à m'échapper et elle se trouve toujours dans le camp ennemi, aux prises avec Pantéra. Je vous en prie, faites quelque chose !

Cogneur fronça les sourcils.

– Je vais réunir un commando spécial composé de

nos meilleurs combattants.

Il éleva la voix :

– Bagarreur ! Les frères Tapdur ! Mam'zelle Lisa !

Un par un, les chats appelés surgirent de l'ombre et vinrent se ranger le long du caniveau. C'étaient tous des soldats d'élite, souples et musclés, connus pour leurs qualités d'attaquants (Mam'zelle Lisa, une jeune femelle châtrée, s'était même fait une réputation chez les humains : la plupart des habitants de l'avenue Amiral-Tunnock avaient été griffés par « Câline », la chatte du numéro 22).

Jolie-Minette voulut rejoindre le commando, mais Cogneur, d'un coup de tête, la renvoya fermement vers le portail du jardin.

– Reste ici, capitaine. Ce serait beaucoup trop risqué pour toi, maintenant que l'adversaire connaît ta vraie nature.

Aussi silencieux que des ombres, le général et sa troupe se coulèrent à travers la zone frontière, puis pénétrèrent en territoire ennemi. Tacha préférait se tenir à l'arrière, en fin de compte : elle n'était sûrement pas de taille à affronter la féroce Pantéra, et sa griffure lui cuisait terriblement. Pendant une éternité, lui sembla-t-il (une dizaine de minutes, en réalité), elle bouillit sur place, malade d'anxiété. Les échos de la bataille, terrifiants, lui parvenaient de l'autre côté de la route. Il était clair que d'autres Chats-Puants s'étaient portés à la rescousse de leur cheftaine, et l'air vibrait de feulements et de glapissements.

Puis le vacarme cessa, suivi d'un silence angoissant. Peu après, Jolie-Minette vit apparaître en bordure du *no cat's land* une forme étrange, massive, qui avançait lentement vers eux. Elle courut jusqu'au caniveau. C'était Cogneur et ses soldats, serrés les uns contre les autres en une sorte de gros coussin fourré. Sur leurs dos joints gisait le corps inerte de Gourmandine.

– Madame Goulue ! s'écria-t-elle. Qu'est-il arrivé ? Êtes-vous blessée ?

En douceur, les chats déposèrent la bonne vieille chatte sur le petit carré de gazon qui s'étalait devant la maison de Lucy. Mam'zelle Lisa lapa un peu d'eau de pluie et la recracha dans la gueule de Gourmandine. Cette dernière était couverte de sang. L'une de ses pattes de devant était écrasée et une large entaille lui ouvrait le ventre.

– Tiens bon, Dinette, murmura Cogneur à sa compagne. Ma fille-chat va aller réveiller tes humains, ils t'emmèneront à l'endroit de Guérison, où l'on te soignera avec les Épines piquantes.

Gourmandine ouvrit les yeux et tendit vers lui sa patte blessée.

– Non, mon Cogneur, répondit-elle dans un souffle. Aucune Épine ne peut plus me guérir, maintenant. Je vais bientôt rejoindre les Chats Élysées.

– Laissez-moi essayer, madame Goulue ! supplia Tacha au désespoir. Je vous en prie ! Je vais appeler moi-même le vétérinaire de garde ! Je vais réveiller ma mère !

– Il est trop tard, répondit Gourmandine d'une voix mourante. Je te demande simplement de dire à ma petite humaine… que j'ai eu beaucoup… d'affection pour elle.

Elle exhala un soupir, un grand frisson parcourut son corps et une expression apaisée se posa sur sa pauvre frimousse ensanglantée. Il y eut un profond silence.

– Elle a franchi le portail au bout du long chemin, dit Mam'zelle Lisa. C'est ainsi que l'on gagne les Chats Élysées.

– Non ! miaula Jolie-Minette.

Elle éclata en glapissements de douleur. C'était à cause d'elle que la gentille vieille chatte était morte.

Cogneur toussota.

– Par la Sardine sacrée, elle va me manquer, déclara-t-il d'une voix rauque. C'était la meilleure épouse que j'aie jamais eue !

Il émit un grognement bizarre, comme s'il se raclait la gorge.

– Votre attention, Entrechats. Demain soir, sur mon territoire, il y aura un grand charivari d'adieu pour Gourmandine Goulue. Faites-le savoir à tous nos compagnons. Nous allons lui offrir le CHARIVARI DES HÉROS !

Jolie-Minette couinait à s'en fendre le cœur, mais elle comprit néanmoins le message. Le charivari d'adieu devait être une sorte de cérémonie funéraire chez les chats.

– Viens, lui dit Cogneur. Le soleil sera bientôt de retour. Tu dois reprendre ta forme humaine.

– Et Gourmandine ? miaula-t-elle. On ne peut pas la laisser là !

– Elle a quitté sa fourrure, répondit le général. De toute façon, elle n'en a plus besoin aux Chats Élysées.

Tacha était trop harassée et trop triste pour insister. Elle suivit Cogneur dans leur jardin puis à travers leur chatière, et retrouva avec une impression bizarre le calme de leur cuisine.

– Souviens-toi, lui dit encore le vieux chat, ne quitte jamais ce territoire sans moi. Demain, quand le noir reviendra, je te réveillerai et je t'accompagnerai au charivari de cette chère Gourmandine.

– Tout est arrivé par ma faute, Cogneur ! se lamenta Tacha. J'ai été assez stupide pour tomber dans le piège de Griffu !

– Ne te fais pas de reproches, petite, déclara Cogneur avec gentillesse. Comment pouvais-tu deviner que ce n'était pas moi qui avais posé la balle sur ton oreiller ?

Il fronça les sourcils.

– À ce propos, il vaudrait mieux changer le signal.

Dorénavant, je te préviendrai avec ma troisième souris préférée. D'accord ?

– D'accord, répondit Tacha. Mais je voudrais bien savoir qui a dit aux Chats-Puants que j'étais une humaine. Et comment ont-ils découvert notre code secret ?

– Nous trouverons le traître, sois tranquille, assura Cogneur d'un ton sinistre. D'ici là, personne d'autre que nous deux ne devra connaître le signal. Entendu ?

– Oui, Cogneur.

Le vieux chat lui lécha le museau.

– Ne sois pas trop triste pour Gourmandine, ajouta-t-il. Les Chats Élysées sont un endroit merveilleux. Elle y sera aussi heureuse qu'une grenouille dans sa vase.

– Qu'est-ce que tu en sais ? riposta Jolie-Minette en se remettant à couiner.

– Je ne le sais pas PRÉCISÉMENT, reconnut Cogneur d'un air pensif, mais ces vertes pelouses DOIVENT être superbes, non ? Puisque aucun chat n'en revient jamais !

Pour lui, cela semblait régler la question. Tacha aurait bien voulu partager sa confiance.

– Dors bien, Cogneur, dit-elle. J'espère que ton oreille ira mieux, demain.

– Et moi, j'espère que ta frimousse ne te fera plus souffrir. Bonne nuit, chère petite fille-chat.

Il regagna son fauteuil d'invalide. Tacha monta

dans sa chambre, reprit son apparence normale et s'endormit en pleurant à chaudes larmes sur l'adorable vieille chatte qui était partie pour les Chats Élysées afin de la sauver.

Chapitre 7

LE GRAND CHARIVARI

Quand Tacha se vit dans la glace de la salle de bains le lendemain matin, elle lâcha un grognement atterré. Comment allait-elle expliquer l'énorme griffure rouge qui lui zébrait la figure, zigzaguant de son arcade sourcilière droite jusqu'à sa pommette gauche, en passant par la racine de son nez ? Cette Pantéra était un danger mortel ! Et si sa balafre ne lui faisait plus mal (elle avait cicatrisé pendant la fin de la nuit), elle s'était agrandie aux dimensions de son visage de fille, ce qui la rendait horriblement visible !

Elle essaya de la cacher avec le fond de teint de sa

mère, mais ce fut encore pire. Finalement, elle se résolut à descendre – armée d'une piètre histoire de poignée de commode contre laquelle elle s'était cognée la veille.

Mrs. Williams ne parut guère convaincue. Quand Natacha s'était-elle blessée ? Pourquoi n'avait-elle pas appelé ? Par chance, elle devait partir au bureau – et son mari, d'une nature moins soupçonneuse, témoigna juste de la sympathie à leur fille.

– Pauvre petite saucisse ! dit-il. Veux-tu rester à la maison, aujourd'hui ?

Tacha en aurait pleuré de dépit. Pour une fois qu'on lui offrait l'occasion dont elle rêvait tous les matins, elle devait la refuser !

– Merci, papa, mais je préfère aller en classe, mentit-elle, le cœur lourd. J'ai des choses à faire.

Elle ne voyait pas du tout comment elle allait s'y prendre, mais elle devait transmettre à Lucy les dernières paroles de Mme Goulue. Comme d'habitude, il n'y avait aucune trace de sa camarade dans la rue ; elle était encore partie en avance, pour éviter d'être rejointe. En revanche, Tacha aperçut Mrs. Church (aussi frêle et effacée que sa fille) dans le petit jardin de leur maison. Armée d'une pelle, un sac-poubelle noir à ses pieds, elle creusait le gazon – et s'arrêtait à tout bout de champ pour s'essuyer les yeux.

Plus jamais on ne verrait la silhouette dodue de la

vieille chatte se promenant tranquillement sur le mur entre les deux jardins. Plus jamais Mme Goulue ne se nettoierait la figure en la frottant sur le paillasson. Le côté Entrechat de l'avenue Amiral-Tunnock semblait désert, sans elle.

Tous les chats que Tacha croisa avaient l'air en deuil. Elle faillit arriver en retard à l'école, car devant le bar elle rencontra Immortel Monte-au-ciel, qui vint se frotter contre ses jambes. Elle se pencha pour le caresser et il fourra son museau dans sa main en ronronnant, comblant à sa façon le fossé qui séparait les chats des humains. Quand il se coucha sur le dos, Tacha gratta son énorme ventre blanc avec reconnaissance. Ce bon vieux matou faisait ce qu'il pouvait pour la consoler, elle le savait.

Si seulement elle parvenait à trouver un moyen de consoler Lucy, elle ! pensa-t-elle un peu plus tard, en classe. Sa camarade était assise à sa place habituelle, aussi silencieuse et réservée que toujours, mais elle avait les yeux rouges et gonflés. Le cœur de Tacha se serra de pitié. Au diable la timidité ! se dit-elle. D'une manière ou d'une autre, il fallait qu'elle glisse au moins une parcelle de vérité à l'oreille de Lucy, pour qu'elle sache que sa chatte était morte en héroïne.

Pendant la première récréation, elle alla la rejoindre près du distributeur de boissons.

– Salut ! lança-t-elle.

Lucy sursauta telle une biche effarouchée.

– Oh, salut…

– Je voulais juste te dire… J'ai appris ce qui est arrivé à ta chatte. Je suis vraiment désolée.

– Merci, murmura Lucy.

Elle courba la tête et se tut.

– C'était quelqu'un de bien, reprit Tacha. Je veux dire… elle était adorable.

– Merci, chuchota de nouveau Lucy.

– Je sais combien tu es triste, insista Tacha qui désirait plus que tout la consoler. Mais tu peux être fière de Gour… Pardon… de Chouquette. Elle est morte en sauvant la vie de… d'une autre chatte. Et elle n'a pas souffert trop longtemps, tu sais ! Elle s'est éteinte paisiblement, dans les pattes de son premier mari.

Tacha s'arrêta brusquement, horrifiée, et sentit ses joues s'embraser. Nom d'une sardine ! Dans son désir de venir en aide à Lucy, elle avait bredouillé toutes les phrases qu'elle avait retournées dans sa tête avant de s'endormir. Et maintenant, Lucy la dévisageait fixement, comme si elle la croyait devenue folle.

Elle se ressaisit de son mieux.

– Excuse-moi, c'est l'émotion. Je voulais juste te dire que Chouquette était une chatte très courageuse. Et qu'elle a été formidable avec moi.

Lucy était pâle comme un linge. Elle recula.

– Qu'est-ce que tu racontes ? Tu te moques de moi !

– Oh, non, je t'assure !

– Si. Et c'est très méchant de ta part, de t'amuser de cette façon aujourd'hui. Laisse-moi tranquille !

Elle s'éloigna en trombe. Tacha resta figée sur place, atterrée, se traitant d'imbécile. C'était bien d'elle, de tout gâcher alors qu'elle avait les meilleures intentions du monde ! Tant pis, se dit-elle. Ce ratage lui donnait plus envie que jamais de transmettre à Lucy le dernier message de Mme Goulue. Tout l'après-midi, elle chercha une solution. Devait-elle lui envoyer une lettre ? Non. Par écrit, cette histoire aurait l'air encore plus dingue. Peut-être devrait-elle demander à maman d'inviter Lucy et sa mère à dîner ? Mais si elles refusaient de venir ?

Finalement, tandis qu'elle rentrait chez elle après l'école, elle prit une grande décision. Lucy méritait de connaître les derniers mots de sa chatte, mais elle ne la croirait jamais tant qu'elle ne saurait pas toute la vérité. DONC, elle allait tout lui raconter. Voilà.

Subitement, Tacha brûlait d'être comprise par sa timide petite voisine. Sans savoir pourquoi, elle devinait qu'elle pouvait se fier à elle. Elle allait la mettre dans son secret.

Alors qu'elle tournait dans l'avenue, elle aperçut Lucy qui s'apprêtait à pousser le portillon de chez elle. Aussitôt, elle se mit à courir.

– Lucy ! appela-t-elle. Attends !

Lucy se figea, une main sur le portillon, l'air surpris.

– Je ne voulais pas me moquer de toi, je le jure ! dit Tacha en la rejoignant, hors d'haleine. Il faut que tu m'écoutes... J'ai tout fait de travers ce matin, mais...

– Laisse-moi tranquille, répéta Lucy d'un ton las. Ça t'amuse vraiment, de m'embêter ainsi ?

– Je n'ai aucune envie de t'embêter, au contraire ! plaida Tacha. Je tiens juste à te dire que j'aimais beaucoup ta chatte... et que tu peux être fière d'elle.

Lucy secoua la tête, visiblement abasourdie.

– Tu recommences ? Qu'est-ce que c'est que cette histoire ? Tu ne connaissais même pas Chouquette !

– Écoute... Je ne suis pas folle, ni méchante, et je n'invente rien du tout, insista Tacha à voix basse. J'ai quelque chose de très important à te montrer. Viens chez moi, dans ma chambre.

– Qu'est-ce que tu veux me montrer ?

Tacha soupira, impatientée.

– C'est un secret capital. Il faudra que tu me promettes de n'en parler à personne. Demande à ta maman si tu peux venir dîner à la maison.

Lucy était encore sur la défensive, et loin d'être convaincue, mais il était clair que la curiosité commençait à la gagner.

– Maman est au travail, dit-elle. C'est Mrs. Pecking, au premier, qui me surveille plus ou moins quand je rentre.

– Alors, préviens Mrs. Pecking, trancha Tacha qui grillait de confier son secret maintenant qu'elle était lancée.

Si elle attendait une heure de plus, il allait jaillir de sa bouche comme un feu d'artifice, lui semblait-il. Elle ne pouvait plus tenir.

– Écoute..., reprit-elle. Si tu acceptes de venir dîner aujourd'hui, je ne te demanderai plus jamais rien, c'est juré ! Tu seras même libre de ne plus me parler, si tu veux. Alors, tu viens ?

– Non, je ne crois pas, répondit Lucy.

– Il FAUT que tu viennes ! se récria Tacha. Ce n'est pas toi qui prendras le plus grand risque, crois-moi ! Je vais te fournir le moyen de me causer les pires ennuis, si tu te décides. À ta place, je ne refuserais pas !

Il y eut un bref silence. Et soudain, Lucy prit Tacha de court en souriant jusqu'aux oreilles.

– Je n'irai sûrement pas raconter ton secret à Emily Baines, si c'est ce que tu veux dire.

Tacha ouvrit des yeux ronds, puis elles éclatèrent de rire en chœur. La glace était rompue. Elles avaient franchi le plus important des premiers pas, celui qui allait leur permettre de devenir DES AMIES. D'un seul coup, Tacha se sentit pleine de force et d'optimisme. Elle attendit au portillon, le temps que Lucy aille prévenir Mrs. Pecking, après quoi elles se dirigèrent ensemble vers la porte des Williams.

– Maman travaille en ville, elle aussi, dit Tacha. Papa travaille à la maison, il est toujours là quand je rentre – sauf quand il part fouiller à l'étranger. Il est archéologue.

– Tu as de la chance, soupira Lucy. Mes parents sont divorcés. Je ne vois pas beaucoup mon père.

– Ma pauvre…

Lucy haussa les épaules.

– Je suppose que je m'y habituerai.

La porte de derrière était ouverte. Mr. Williams était dans la cuisine, enveloppé dans un tablier rose orné d'un grand cœur rouge sur le devant, et coupait des oignons.

– Bonsoir, papa.

– Bonsoir, Minette. Comment va ta blessure ?

– Bien. Est-ce que Lucy peut venir dîner ?

Mr. Williams sourit par-dessus son épaule.

– Bien sûr. Bonsoir, Lucy.

– On monte dans ma chambre et on ne veut être dérangées sous aucun prétexte, déclara Tacha. Tu as compris ?

– Bien, madame, répondit son père. Je vous appellerai quand le repas sera prêt.

Tacha entraîna Lucy au premier, agacée de la voir si lente. Une fois dans la chambre, sa camarade resta plantée sur la moquette, raide et méfiante, comme un soldat au garde-à-vous. Tacha baissa le store et poussa son gros coffre à jouets devant la porte.

– Je dois être prudente, expliqua-t-elle. Il ne faudrait pas que papa surgisse au mauvais moment. Assieds-toi sur mon lit… et ne crie pas, par pitié.

Lucy obéit.

– Pourquoi je crierais ? demanda-t-elle.

– On ne sait jamais. Tu risques d'avoir un choc, je te préviens.

Le cœur de Tacha tambourinait dans sa poitrine. Si la pierre magique ne fonctionnait pas devant une autre personne ? se demandait-elle anxieusement. Lucy la prendrait pour une folle ! Mais si elle marchait… et que sa nouvelle amie s'évanouisse ou meure d'une crise cardiaque ?

Il était trop tard pour reculer, à présent. Elle prit le morceau d'albâtre dans son coffret à bijoux, le serra dans sa main… et attendit. Le chat noir apparut, elle demanda mentalement l'autorisation de pénétrer dans le temple – et la transformation commença à s'opérer. Le visage attentif de Lucy, lui, commença à manifester la stupeur la plus totale.

Devenue chatte, Tacha éternua deux fois et s'extirpa du tas tiède de ses vêtements.

Lucy recula sur la couette, les yeux écarquillés, mais elle ne hurla pas. Elle continuait à fixer Jolie-Minette, immobile, comme si elle était pétrifiée. Pour bien lui montrer qu'elle ne rêvait pas, Tacha émit deux ou trois miaulements, puis s'amusa un peu dans la chambre. Elle joua avec le cordon du store, sauta sur la commode, s'y promena un moment, redescendit sur le tapis. Quand elle estima qu'elle en avait assez fait, elle s'aplatit sur la pierre magique pour redevenir une fille – et s'empressa de se rhabiller, gênée d'être toute nue devant sa camarade.

Les yeux de Lucy étaient aussi larges que des soucoupes. Elle n'émit pas un son avant que Tacha vienne s'asseoir à côté d'elle. Alors, elle demanda d'une voix blanche :

– Ce... c'était un tour de prestidigitation, ou quoi ?

– Tu rigoles ? répliqua Tacha. Je serais bien incapable de réaliser un tour pareil ! Non, je deviens une vraie chatte, et tu es la seule humaine au monde, avec moi, à le savoir.

– La seule humaine ? répéta Lucy. Qu'est-ce que tu veux dire par là ?

– Les autres chats sont au courant, révéla Tacha. C'est comme ça que j'ai connu Chouquette. Et si je voulais tant te parler d'elle, c'est parce qu'elle est morte pour me sauver la vie.

Devant l'air ahuri de son amie, Tacha se lança dans le récit complet de ses folles aventures, depuis l'arrivée de la pierre du Pr. Chapollion jusqu'à son kidnapping de la veille. Lucy était une bonne auditrice : elle l'écoutait avec attention et quand elle l'interrompait (rarement), c'était pour poser des questions judicieuses.

Le temps qu'elle arrive presque au bout, le soleil avait fini par disparaître derrière le store baissé. D'en bas, Mr. Williams annonça que le dîner était prêt.

– Une minute ! cria Tacha, la voix enrouée.

Elle pleurait, et Lucy aussi, parce qu'elles venaient d'atteindre le moment fatidique où Gourmandine avait prononcé ses derniers mots.

– Tu vois, elle t'aimait beaucoup et ses dernières pensées ont été pour toi, conclut Tacha. Je voulais que tu le saches.

– Merci, murmura Lucy.

– C'est une héroïne nationale, maintenant.

– Merci, répéta Lucy en s'essuyant les yeux de sa manche.

– Je… j'ai vu ta mère qui l'enterrait, ce matin.

Lucy hocha la tête.

– Je ne voulais pas être là. J'ai juste mis son hérisson en caoutchouc dans le sac avec elle, je l'ai embrassée et je suis partie à l'école. Ce hérisson était son jouet favori. Je ne voulais pas qu'elle se sente trop seule…

Ses larmes roulèrent sur ses joues et formèrent des taches mouillées sur la couette. D'un geste hésitant, Tacha lui prit la main.

– Elle ne sera pas seule aux Chats Élysées.

– Où ?

– C'est l'endroit où vont les chats quand ils meurent, à ce qu'il paraît. Une sorte de paradis, je suppose. Je regrette tellement ce qui s'est passé, Lucy ! C'est arrivé par ma faute, je le sais.

– Tu ne l'as pas fait exprès, dit Lucy. Mais Chouquette va énormément me manquer. J'étais encore un bébé quand on l'a eue. Je suis si triste de n'avoir pas pu lui dire adieu !

Tacha eut une idée.

– Tu te sentirais peut-être un peu consolée si tu venais à ses funérailles, cette nuit.

– Quelles funérailles ?

– Pas des funérailles comme chez les humains, avec un cortège de voitures et des fleurs. Les chats appellent ça un « charivari ». Tu pourrais dormir ici et venir avec moi.

Pour la première fois, Lucy parut un peu moins triste.

– Tu crois ? Est-ce que tes parents seront d'accord ?

– Bien sûr ! Ils n'arrêtent pas de me tanner pour que j'amène des amies à la maison.

Tacha se leva d'un bond et alla écarter le coffre à jouets qui barrait la porte.

– Cogneur doit me réveiller. Et moi, je te réveillerai avant de me changer en chatte.

Beaucoup plus tard, Tacha eut juste à toucher

l'épaule de Lucy : sa camarade se réveilla immédiatement.

– C'est l'heure ! chuchota-t-elle. Suis-moi en faisant le moins de bruit possible. La porte de derrière est fermée par un verrou tout en haut ; tu devras monter sur une chaise pour l'ouvrir. Ensuite, tu n'auras qu'à tourner la clé.

Lucy acquiesça, s'extirpa de son sac de couchage et enfila sa robe de chambre. Sa mère, à qui Mrs. Williams avait téléphoné, était venue apporter ses affaires après le dîner. Les trois parents étaient assez surpris de cette soudaine amitié entre leurs filles, mais ils se dirent (sans se tromper) que la mort de Chouquette devait y être pour quelque chose.

Dès que Tacha se fut changée en Jolie-Minette, elles rejoignirent Cogneur, qui les attendait sur le palier.

– Je ne suis pas sûr que ce soit bien prudent, grommela-t-il. Est-ce qu'on peut se fier à cette humaine ?

– Évidemment ! affirma la petite chatte rousse. Tu as entendu ce qu'a dit Gourmandine avant de mourir !

– Bon…, soupira le vieux chat. En souvenir de ma tendre épouse, nous allons l'accepter à notre grand charivari. Mais tu devras t'occuper d'elle ; moi, je serai avec ses autres maris.

– Ses autres maris ? répéta Jolie-Minette suffoquée. Combien y en a-t-il ?

– Il n'en reste plus que cinq, répondit gravement

Cogneur. Le numéro deux a été écrasé par une camionnette, il est parti devant. Allez, venez.

Les deux chats et Lucy se coulèrent en silence dans l'escalier, puis dans la cuisine ténébreuse. Cogneur et Jolie-Minette sautèrent dehors par la chatière, tandis que Lucy prenait un tabouret pour ouvrir la porte. Lorsqu'ils furent tous les trois dans le jardin, Tacha émit à l'intention de son amie un miaulement qu'elle espéra rassurant. Le spectacle auquel ils assistaient avait de quoi ébranler un humain, en effet : les chats du voisinage traversaient la pelouse en une longue file silencieuse, leurs prunelles brillantes trouant la nuit comme des vers luisants. Ils allèrent se rassembler en une large couronne fourrée, serrée autour du tas de compost. Au sommet du tas trônaient le prince héritier et son épouse, le Premier ministre et le grand crieur Immortel Monte-au-ciel.

Cogneur rejoignit un petit groupe de matous d'un certain âge, les maris de Gourmandine – dont les enfants, petits-enfants et arrière-petits-enfants formaient une assemblée imposante. Jolie-Minette alla s'asseoir à côté de Mam'zelle Lisa, dans les rangs des dames. Quand elle chercha Lucy des yeux, elle vit que celle-ci se tenait dans l'ombre, adossée au poirier. Aucun chat ne semblait l'avoir remarquée. Quel dommage, pensa Tacha, que Lucy ne puisse comprendre la cérémonie ! Elle se promit d'en enregistrer les moindres détails, pour pouvoir les lui raconter par la suite.

– Peuple des Entrechats ! miaula la princesse Bing.

Ses sujets s'inclinèrent en une grande vague soyeuse.

– Je pensais que notre prochain charivari serait pour le père de mon époux, mais, chose surprenante, le roi est encore en vie.

Un silence pincé accueillit ses paroles.

– Vous pouvez vous réjouir ! observa froidement Bing.

Les maris, Mam'zelle Lisa et quelques autres ronronnèrent avec loyauté.

– Nous n'imaginions pas, reprit la princesse héritière, que cette pauvre Gourmandine Goulue rejoindrait les Chats Élysées avant lui. Notre souverain Entrechat IX vous fait savoir qu'il sera heureux de lui transmettre tous les messages que vous souhaiterez lui adresser.

– Je voudrais bien lui demander qui a hérité de ce superbe hérisson à mordiller ! marmonna Mam'zelle Lisa.

– Chut ! sifflèrent les veufs.

– Quoi ?! Elle n'en a plus besoin, maintenant ! insista la chatte-soldat.

– Ne sois pas aussi cupide ! la réprimanda une de ses voisines. De toute façon, elle a toujours dit qu'elle voulait me le laisser À MOI !

(Tacha décida de ne pas rapporter ce détail-là à Lucy.)

– Madame Goulue était une chatte noble et courageuse, poursuivit la princesse Bing. Et nous sommes rassemblés ici pour lui dédier un grand charivari qui retentira dans tous les endroits-à-sieste douillets et ensoleillés du merveilleux pays où elle est partie. Mais, auparavant, le révérend Immortel Monte-au-ciel a une autre cérémonie à crier.

En dépit de ces tristes circonstances, la princesse héritière se rengorgea, visiblement satisfaite.

– Je suis ravie de vous annoncer qu'une FIANCÉE a été trouvée pour mon fils, le prince Patatras !

Cette nouvelle fit sensation parmi l'assistance.

– Cha, alors ! s'exclama Mam'zelle Lisa entre ses moustaches. Je pensais qu'elle ne parviendrait jamais à ôter ce bon à rien de ses pattes !

– Puisque nous sommes en guerre, continua Bing, nous allons procéder tout de suite aux coups de griffes d'engagement. Pressez-vous, Monte-au-ciel ! ordonna-t-elle au révérend.

Le grand crieur gratifia les fidèles d'un de ses sourires suaves.

– Oui, Votre Altesse. Au milieu du chagrin, il y a tout de même de la joie. Avancez, prince Patatras !

Le jeune prince escalada le tas de compost. Il arborait un air boudeur, à son habitude, et quand il passa près d'elle, sa mère lui donna une tape sur la tête.

– Avancez, Houppette !

Une ravissante petite chatte au pelage gris-bleu et aux yeux jaunes en amande sortit de l'ombre. Elle s'inclina gracieusement devant la princesse héritière et son époux.

– Très élégante ! chuchota Mam'zelle Lisa.

– Cette noble damoiselle vient d'un royaume lointain, cria Immortel Monte-au-ciel, et elle est apparentée par la trente-sixième portée à la maison royale des Entrechats. Les noces auront lieu demain. Pour l'heure, célébrons leurs fiançailles : que les griffures rituelles soient faites !

Le prince Patatras se léchait une patte. Sa mère lui donna une autre tape sur le nez.

– Au travail, Patatras !

Le jeune prince hésita. Tacha pensa qu'il n'avait vraiment pas l'air heureux, pour un futur marié. Lentement, il redescendit au bas du tas de compost et traça deux traits rapides dans la terre, de sa patte gauche.

– Je griffe, marmonna-t-il d'une voix à peine audible.

Quelques matous crièrent depuis les rangs du fond :

– Plus fort ! À quoi ça sert, si on n'entend rien ?

Le prince Dandy haussa la tête et déclara :

– J'ai griffé tout doucement quand je me suis fiancé à Bing. Ma mère glapissait si fort que personne n'a rien entendu. Mais notre engagement était quand même légal.

D'un bond, la charmante Houppette rejoignit Patatras. Elle traça deux griffures très fermes, soulignées d'une arabesque.

– JE GRIFFE ! clama-t-elle fièrement.

Il y eut une explosion de ronrons. Sardinelle, la fille de Cogneur, se précipita au sommet du tas de compost, renversa sa tête tigrée en arrière et poussa un long « MIAAAOUUU » modulé qui vibra dans la nuit.

La partie humaine de Tacha trouva ce cri perçant insupportable. Jolie-Minette, cependant, se sentit transportée de joie par la voix mélodieuse de Sardinelle et par ces accords harmonieux.

Pendant qu'elle chantait, Immortel Monte-au-ciel lécha solennellement les moustaches des fiancés. Le jeune couple s'inclina devant les parents du prince et s'assit.

Alors commença la partie funèbre de la cérémonie. Le miaulement plein de liesse de Sardinelle se changea en une lamentation éplorée :

– *OhGourmandineQu'IlEstTerribleDePenserQue TuEsMorteCouverteD'HorriblesBlessuresMaisSeulTonCorpsAÉtéAtteintTonÂmeReposeMaintenantDansLaGloireDeLaSardineSacrée…*

– Maudits chats ! hurla soudain une voix humaine,

furieuse, à travers les jardins de derrière. Allez-vous vous taire, à la fin ?

Tacha crut reconnaître Mr. Gibbs, du numéro 14, mais les chats ne comprirent pas cette vulgaire interruption – et l'ignorèrent.

– Poussons maintenant un cri FORMIDABLE ! glapit Immortel Monte-au-ciel. Un cri qui fera trembler tout le pays !

Tacha se prépara au pire, mais le fameux charivari, heureusement, n'était pas un énorme miaulement entonné en chœur par les fidèles. C'était une sorte de grondement sourd, très puissant, qui résonnait dans leur tête. Jolie-Minette en ressentit les pulsations dans son crâne : elle s'était jointe à la « prière » sans même s'en rendre compte.

Près du poirier, Lucy s'était assise dans l'herbe et pleurait à chaudes larmes. Ses sanglots résonnèrent dans le silence.

– Qu'est-ce que c'est ? miaula la princesse Bing. Qui fait ce bruit ÉPOUVANTABLE ?

– C'est tout simplement GROSSIER ! lança une dame chat d'un ton aigre.

– Quelqu'un serait-il en train de digérer ? demanda le prince Dandy.

Interrompre un grand charivari était probablement très mal vu, mais Jolie-Minette ne put supporter que les Entrechats aient une aussi mauvaise opinion de Lucy.

– Non ! glapit-elle. Pardonnez-moi, Vos Altesses, mais c'est une amie à moi, et son attitude n'a rien de grossier.

Toutes les frimousses poilues se tournèrent vers elle.

– Lucy était l'humaine de madame Goulue, expliqua la petite chatte rousse. C'est à elle que Gourmandine a témoigné son affection avant de mourir. Le bruit qu'elle fait s'appelle « pleurer » chez les humains. C'est ce qu'ils font quand ils ont beaucoup de chagrin.

Les chats se regardèrent, puis regardèrent Lucy, qui sanglotait toujours.

– Pauvre petite humaine, dit Mam'zelle Lisa. Gourmandine était si attachée à elle… Comme je voudrais que nous puissions la consoler !

Tacha eut alors une idée magnifique.

– Vous le pouvez ! miaula-t-elle. Tous ceux qui veulent réconforter mon amie n'ont qu'à lui lécher la main !

Des murmures parcoururent l'assistance :

– Lui lécher la main ? Pourquoi donc ?

– La capitaine la trouve peut-être sale…

– Est-ce que les humains se lèchent quand ils font un grand charivari d'adieu ?

Jolie-Minette se redressa d'un bond.

– Faites comme moi ! dit-elle.

Elle traversa la pelouse en courant pour aller

rejoindre Lucy, dont la main était posée sur ses genoux. Elle lui donna un petit coup de langue, puis recula. Un premier chat vint l'imiter, puis un deuxième, un troisième… et pour finir tout le monde y passa, même la famille royale.

Lucy s'était arrêtée de pleurer. Elle fixait les chats d'un air stupéfait, car il était clair qu'ils cherchaient à lui exprimer leur sympathie. Quand ses larmes se remirent à couler, elle souriait en même temps, et c'était comme le soleil étincelant à travers la pluie.

– Oh, mes petits amours ! murmura-t-elle. Vous êtes vraiment adorables ! Je ferai n'importe quoi pour vous aider à retrouver votre Sardine sacrée.

Puis elle se pencha et prit Jolie-Minette dans ses bras.

– Je ne sais pas si tu vas me comprendre, chuchota-t-elle, mais je te dis merci, de tout mon cœur !

Chapitre 8
SCANDALE

– Vous me sidérez, toutes les deux, déclara Mr. Williams, le lendemain matin. Vous ne vous adressez pas la parole pendant des mois, et d'un seul coup vous ne vous arrêtez plus de parler !

Il tendit deux sacs à dos par-dessus la table du petit déjeuner.

– Si vous ne vous remuez pas, vous allez être en retard en classe. La mère de Lucy ne l'autorisera jamais plus à venir dormir dans une famille aussi bohême.

Les nouvelles amies avaient tant de choses à se dire qu'elles n'avaient pas vu passer le temps.

– Désolée, papa, répondit Tacha en prenant son sac. Est-ce que mon enregistreur est dedans ?

– Oui. Et Lucy a également le sien, sa mère est venue l'apporter tout à l'heure.

– Merci de m'avoir reçue, Mr. Williams, dit Lucy qui était encore un peu intimidée par le père de Tacha.

– Tout le plaisir a été pour moi, miss Church, répondit l'archéologue malicieux. Et je serais ravi que vous m'appeliez Julian.

Reprenant leur discussion animée, les deux filles se hâtèrent de quitter la maison et d'emprunter l'avenue. Lucy voulait tout savoir. Elle bombardait sa copine de questions sur le grand charivari, la Sardine disparue et les différents membres des Entrechats.

– J'espère que ça ne t'ennuie pas, dit-elle sérieusement, mais j'ai vraiment envie de les aider. Je ne peux pas supporter l'idée qu'un autre chat meure comme Chouquette.

– Ça ne m'ennuie pas du tout, au contraire, assura Tacha. Si tu savais comme je suis contente de pouvoir parler à quelqu'un ! J'avais peur que cette histoire de guerre à propos d'une sardine te paraisse complètement loufoque.

– Les Chats-Puants ont failli te tuer ! rétorqua Lucy. Pour moi, ça n'a rien de loufoque. Tu ne peux plus te promener seule dans la peau d'une chatte tant que ce traître n'aura pas été identifié. N'oublie pas qu'il y en a un deuxième, puisque Filou ne pouvait pas connaître ton secret. Il faut savoir qui il est.

Tacha fronça les sourcils, troublée. Lucy avait raison : elle avait oublié ce détail dérangeant, la veille. Les Entrechats s'étaient tous montrés si gentils ! Il lui paraissait impossible que l'un d'eux fasse le jeu de l'ennemi, et pourtant… Elle soupira.

– Dommage que la pierre magique ne marche pas avec toi, dit-elle. J'aurais bien besoin de ton aide. Je suis sûre que tu saurais poser toutes les bonnes questions, comme un détective dans un film.

Elles avaient essayé de changer Lucy en chat, en se levant, mais l'expérience n'avait rien donné. Apparemment, ce sortilège était réservé à Tacha. Leur échec les avait beaucoup déçues, car Lucy aurait adoré parler le langage des chats et Tacha aurait bien aimé avoir une copine fille-chat, mais elles ne pouvaient rien y faire.

– Tant pis, dit Lucy. Je pourrai quand même mener mon enquête de mon côté, à ma façon, pendant que tu continueras à te renseigner « de l'intérieur ». D'accord ?

– D'accord, répondit Tacha. Tu sais…

Elle s'arrêta devant les grilles de l'école et rougit.

– Je trouve que nous formons une super équipe. Pas toi ?

Lucy sourit.

– À mon avis, madame Goulue serait fière de nous.

La nuit suivante, Cogneur réveilla Tacha à minuit et demi – et n'arrêta pas de lui donner des coups de tête tant qu'elle ne se résigna pas à sortir de son lit pour se changer en chatte.

– Qu'est-ce qui te prend ? marmonna-t-elle d'une voix ensommeillée. Tu m'as bien dit hier que je ne devais pas assister au mariage princier, parce que ce serait trop dangereux pour moi de redevenir Jolie-Minette !

Le regard vert du vieux chat avait quelque chose de tragique.

– Il n'y aura pas de mariage ! glapit-il. C'est fini, et la maison royale des Entrechats est couverte de HONTE !

Tacha bâilla.

– Pourquoi ? Que s'est-il passé ?

– Le prince Patatras est parti avec Chaparda Chat-Puant !

– Hein ?

– Ils se sont ENFUIS ENSEMBLE, voilà ! Apparemment, quand Chaparda a fugué de chez elle, elle s'est réfugiée sur le territoire de Patatras – et ce jeune CHAPLAPLA est tombé amoureux d'elle !

Les deux parties de Tacha, l'humaine et la féline,

ne purent s'empêcher de trouver cette histoire très romantique.

– Tu ne peux quand même pas leur reprocher de s'aimer ! protesta-t-elle.

Cogneur en fut terriblement choqué.

– Un prince de la lignée des Entrechats ne perd pas la tête pour une Chat-Puant, voyons !

– Et pourquoi pas ?

– Parce que… parce que…, bredouilla le général en panne d'arguments. Parce que cela NE SE FAIT PAS !

– Moi, je ne suis pas surprise que Patatras et Chaparda soient partis ensemble, si tout le monde se montre aussi méchant avec eux, déclara Tacha. Est-ce que quelqu'un a une idée de l'endroit où ils se cachent ?

– Non ! souffla Cogneur d'un air vexé. Ils ont laissé un message au chien qui habite avec Chabellan et on ne les a pas revus depuis. Notre prince en goguette avec la fille de notre pire ennemi ! Quelle déchéance !

Tacha bâilla de nouveau. Ses aventures des dernières nuits commençaient à l'épuiser.

– Je ne vois pas ce que je peux y faire. Pourquoi as-tu besoin de moi ?

– Tu es encore loin de tout savoir ! dit sombrement le vieux chat. Ce jeune bêta n'a rien trouvé de mieux que de sauter tout droit dans les pattes de Griffu Chat-Puant. Il y a une réunion d'urgence au palais. Suis-moi, et que ça saute !

Le palais était la maison des Watson, où Sa Majesté Entrechat IX coulait ses dernières heures. Quand Cogneur et Jolie-Minette passèrent par la chatière, ils trouvèrent la cuisine sens dessus dessous. Par une porte ouverte, Tacha distingua un bruit de voix humaines assez lointaines, ainsi que des ronflements sonores. Le vieux Mr. Watson s'était manifestement endormi devant la télévision, au salon, mais les chats n'y prêtaient aucune attention.

Le dodu souverain somnolait dans son panier. La princesse Bing et Houppette, la fiancée abandonnée, couinaient tant et plus. Le prince Dandy, morose, était assis près de son père mourant. Chabellan, le Premier ministre, ne cessait de répéter :

– Quelle histoire ! Quelle histoire !

Le révérend Immortel Monte-au-ciel était le seul à garder son calme. Il s'inclina devant la princesse héritière, qui crachotait dans ses moustaches.

– La fille-chat est ici, Votre Altesse.

– Elle est donc au courant de notre HONTE ! s'écriat Bing. Bientôt, le MONDE ENTIER l'apprendra ! Oh, quand je remettrai la patte sur ce freluquet ! Comment a-t-il OSÉ se laisser séduire par cette… cette… cette petite PELÉE ! Notre roi va en mourir de chagrin !

– Mais non, miaula son époux d'un ton amer. Rien ne peut tuer mon père. Regarde-le : il dort comme un bienheureux, alors que nous nous rongeons les sangs à en partir avant lui pour les Chats Élysées !

La princesse l'ignora et se tourna vers Tacha.

– Chalutations, créature humaine.

La petite chatte rousse s'inclina.

– Chalutations, Votre Altesse royale.

– Une fois encore, nous avons besoin de toi. Crieur Monte-au-ciel, informez-la de la situation.

Le grand vénérateur de la Sardine sacrée prit un air solennel.

– J'ai reçu un message de Griffu Chat-Puant, annonça-t-il. Il dit qu'il détient Patatras – et que nous devons verser une rançon si nous voulons le revoir vivant. Mais nous ne pouvons le faire sans toi, fille-chat.

– Comment ça ? s'enquit Jolie-Minette perplexe. Je ne connais rien à la monnaie des chats, moi !

– « Monnaie » ? Jamais entendu ce mot-là, grommela le révérend. La rançon exigée par les Chats-Puants est une boîte de thon – À L'HUILE, pas au naturel. Ils veulent que nous la déposions, ouverte, sur la piste des Garde-Manger humains (« l'allée qui longeait les jardins potagers », traduisit Tacha). Nous avons jusqu'à samedi soir. S'ils n'ont pas le thon dans les délais, ils nous renverront Patatras EN MORCEAUX !

Cogneur frémissait de rage, la queue hérissée.

– Quel TOUPET ! glapit-il. Ils ont même prévu le

banquet de la victoire ! Votre Altesse, permettez-moi d'organiser un raid sur le territoire de ce chacripant !

– Du calme, général Duracuire ! ordonna Immortel Monte-au-ciel. Tenez-vous à sacrifier d'autres vies ?

Tacha fut alarmée par la lueur hargneuse qui brillait dans les yeux de son chat. Il ne devait surtout pas se lancer dans une nouvelle bagarre et risquer d'autres blessures.

– Il me sera facile de me procurer ce thon, déclara-t-elle. Ne t'inquiète pas, Cogneur : je ne courrai aucun danger, car je pourrai remplir cette mission sous ma forme humaine. Les Chats-Puants ne pourront pas me faire de mal.

Le grand crieur donna un coup de langue amical sur la patte de Jolie-Minette.

– Merci, fille-chat. Je te sais gré de te montrer aussi sage, en dépit de ton chagrin. Tu as raison : il te suffira d'ouvrir la boîte de thon (à l'huile, j'insiste), et de la déposer en bordure de l'endroit indiqué, tout près de chez moi. Je me chargerai de la livraison.

– Vous en êtes sûr ? demanda Tacha. Vous ne voulez pas que je la donne moi-même à Griffu ?

Immortel Monte-au-ciel sourit, l'air onctueux.

– Tu es une courageuse petite chose, mais je dois m'en occuper seul. Griffu exige que la rançon soit remise par UN CHAT, pas deux, ni par une autre créature. En tant que grand crieur, je serai sous la protection de notre Vénéré Poisson. Griffu lui-même n'oserait s'en prendre à un révérend.

Un ronron d'admiration monta dans la pièce. Comme il se montrait digne ! pensa Tacha. Et quelle foi il avait dans la Sardine sacrée !

– Vous avez ma bénédiction, Monte-au-ciel, renifla la princesse Bing. Que les nageoires de notre Grande Déesse vous guident !

– Chalut…, marmonnèrent gravement les autres.

À ce moment-là, une explosion bruyante se produisit dans la pièce voisine. RRRRUMPH ! Les chats se changèrent aussitôt en statues, gueule cousue. Les oreilles pointées, ils écoutèrent Mr. Watson qui s'extirpait avec difficulté de son fauteuil, bâillait et éteignait le téléviseur. Cogneur bondit à travers la chatière et la tint relevée pour ses compagnons. Un par un, pareils à des ombres silencieuses, ils se faufilèrent dehors. Quand Mr. Watson, traînant ses pantoufles, pénétra dans la cuisine, il ne restait plus qu'Entrechat IX.

Jetant un coup d'œil par la chatière, Jolie-Minette vit le vieil homme qui se penchait sur le panier du chat. Il lui caressa les oreilles et murmura :

– Bon vieux Roudoudou, va !

Depuis des milliers d'années, songea Tacha, les chats et les humains étaient amis. Est-ce que les chats savaient à quel point leurs ouvreurs de boîtes les aimaient ?

– D'après Bing, expliqua-t-elle à Lucy le lendemain, tout ça n'est qu'un complot diabolique des Chats-Puants. Pour elle, Chaparda n'a séduit Patatras qu'afin de l'attirer dans le camp ennemi. Ils le retiennent comme otage, d'accord, mais je me demande ce qu'ils en attendent. À quoi peut-il leur servir ? Tout le monde le traite de bon à rien. Ils ne l'ont pas enlevé pour une simple boîte de thon, quand même !

– Oui, cette demande de rançon me paraît bizarre, à moi aussi, acquiesça Lucy.

Elle était venue goûter chez Tacha pour entendre le récit des événements de la nuit, car elles n'avaient pas pu se parler à l'école.

– Remarque, reprit Tacha, d'un point de vue de chat ça se tient peut-être. Quand je suis Jolie-Minette, je ferais des folies pour ce genre de délice – très difficile à obtenir. S'il n'y a pas un humain pour ouvrir la boîte, on peut toujours se lécher les moustaches !

Lucy réfléchissait, les sourcils froncés.

– Qui a reçu le message, dis-tu ?

– Immortel Monte-au-ciel. Tu sais bien, Grosminet, le chat du bar. Un amour.

– Vous n'avez que sa parole ?

Tacha en lâcha sa tartine.

– Attends ! Qu'est-ce que tu insinues ? Qu'il a inventé cette histoire ? Tu ne le soupçonnes pas d'être l'autre traître, tout de même ? Le grand crieur ? C'est ridicule !

– Pas tant que ça, déclara Lucy d'un ton sec. Réfléchis : qui était le mieux placé pour trahir ton secret ET pour révéler aux Chats-Puants où était cachée la Sardine ? S'il ne l'a pas volée lui-même pour la leur refiler… C'est lui qui est censé veiller sur le tabernacle, non ? Après tout, la culpabilité de Filou n'a jamais été prouvée. Vous feriez bien de surveiller de près cet hypocrite de chat à fourrure, à mon avis.

Tacha pouffa.

– Tu dis n'importe quoi. Il n'y a pas plus correct qu'Immortel Monte-au-ciel. Il fait même des excuses aux mouches avant de les croquer ! Lui, un traître ? Ce serait le monde à l'envers !

– Moque-toi si tu veux, insista Lucy avec une détermination surprenante, mais je te parie que j'ai raison.

Le samedi matin, Tacha emmena Cogneur chez le vétérinaire pour lui faire enlever ses points de suture à l'oreille. Dans la salle d'attente se trouvaient une dame avec un lapin qui sentait affreusement mauvais et Marcus Snow, le fils du patron du bar *Chez l'Amiral*. À ses pieds, le révérend Immortel Monte-au-ciel ronronnait dans un grand panier en osier.

Tacha dit bonjour à Marcus, un garçon mince et tranquille, aux cheveux noirs.

– Salut, répondit Marcus. Qu'est-ce qu'il a, ton chat ?

– Il s'est fait déchirer l'oreille dans une bagarre, il

y a deux ou trois nuits. Et ce pauvre Grosminet ?

Marcus se mit à rire.

– Il n'est pas à plaindre ! Son seul souci, c'est qu'il est trop vorace et que son poids lui cause des problèmes. Le vétérinaire l'a mis au régime sec, mais ce glouton continue à grossir quand même – on ne comprend pas comment.

Tacha se pencha pour caresser la robuste patte du grand crieur à travers les barreaux de son panier.

– Pauvre vieux… Ce régime doit être un vrai supplice, pour lui !

– Tu parles ! confirma Marcus avec un sourire amusé. Il essaie toutes les ruses possibles et imaginables pour chiper de la nourriture dans nos assiettes. On a placardé des affiches dans le bar pour interdire aux clients de lui donner à manger, mais il faut croire qu'il se débrouille autrement. D'après mon père, il doit faire chanter les autres chats du quartier !

Tacha s'obligea à rire, mais son sang s'était figé dans ses veines. Faire chanter les autres chats ? Mince, alors ! pensa-t-elle, atterrée. Le vorace Grosminet, exaspéré par son régime, serait-il capable de trahir les siens et de menacer des innocents de mort pour se repaître à son aise ? Cette idée était abominable, mais elle paraissait coller. N'avait-il pas précisé par deux fois qu'il voulait du thon « à l'huile » ? Lucy avait peut-être bien raison, en fin de compte !

– Grosminet ! appela l'assistante du vétérinaire.

Marcus sourit à Tacha et souleva le pesant panier pour le porter dans la salle de soins. Il ne pouvait se douter que son gros matou si câlin était en fait un criminel de la pire espèce, un monstre sans scrupule qui profitait de sa position pour tromper ses « fidèles », les voler, vendre leurs trésors et leurs secrets – et qui espionnait sans doute son peuple au profit des Chats-Puants, tant qu'il y était !

Tacha baissa les yeux vers la bonne frimousse gris et blanc de Cogneur, qui s'écrasait le museau contre les barreaux de son panier. Pauvre cher général, qui tenait ce fourbe d'Immortel Monte-au-ciel dans la plus haute estime ! pensa-t-elle. La vérité allait lui causer un choc terrible.

Chapitre 9

L'ESPION

– C'est ridicule ! Ça ne tient pas debout ! C'est de la pure MÉCHANCETÉ ! tonna Cogneur. Apprenez, jeune demoiselle, que de MON temps les chatons avaient plus de respect pour leurs aînés et leurs supérieurs ! Comment OSES-TU salir ainsi le grand crieur Monte-au-ciel ?

Tacha ne l'avait jamais vu dans un tel état. Elle ne s'attendait pas à une scène aussi dure. Elle avait pris le risque de se changer en chatte dès leur retour à la maison, mais le général refusait d'entendre le moindre mot contre celui qu'il vénérait.

– Écoute, dit-elle encore, je n'affirme pas qu'il est coupable, puisque nous n'avons pas de preuves, mais tu dois bien reconnaître que tout colle parfaitement !

– Assez, capitaine ! glapit le vieux chat hors de lui. Le révérend N'EST PAS un menteur, et encore moins un voleur, un traître ou un espion ! Ces soupçons sont inacceptables !

– Prouve-moi que j'ai tort, alors, rétorqua Tacha avec témérité. Quand je porterai le thon, envoie quelqu'un comme Mam'zelle Lisa vérifier ce qu'il en fait. Je te parie tous les bâtonnets à la viande que tu voudras qu'il le mangera lui-même !

– Mam'zelle Lisa ? Et puis quoi, encore ? Tu voudrais que j'immobilise l'un de mes meilleurs soldats pour des SORNETTES SANS QUEUE NI TÊTE ? Sûrement pas !

De toute évidence, c'était son dernier mot. Tacha détestait se disputer avec son chat, mais elle ne pouvait se permettre de perdre une minute de plus quand la vie d'autres petites créatures à fourrure était peut-être menacée. Avec un soupir, elle reprit son corps de fille, se rhabilla et appela Lucy qui montait la garde devant la porte de sa chambre, pour le cas où l'un ou l'autre de ses parents monterait.

– Alors ? demanda vivement sa camarade.

– C'est sans espoir ! répondit Tacha en colère. Cet entêté prétend que ce n'est qu'un sac de mensonges et de méchanceté, que nul n'a le droit d'accuser d'espionnage un crieur de la Sardine sacrée.

Elles regardèrent Cogneur, qui se gratta une oreille de sa patte arrière et sortit avec raideur, d'un air offensé.

– Même moi, je peux voir qu'il est furieux, dit Lucy. On a intérêt à attendre qu'il soit loin pour mettre nos plans au point.

– Aucun risque, décréta Tacha. Les chats ne comprennent pas le langage humain.

– Pas du tout ? Pas même un mot par-ci, par-là ? demanda Lucy sidérée.

– Ils reconnaissent le bruit de leur nom quand on les appelle pour leur donner à manger, c'est tout. À part ça, notre langage leur est aussi étranger que leurs miaulements le sont pour nous.

– Et toi, est-ce que tu comprends les humains quand tu es une chatte ?

– Oui, mais c'est un peu brouillé. Et je ne comprends plus les chats quand je redeviens humaine.

– Dommage, soupira Lucy. Ç'aurait été plus facile pour espionner Monte-au-ciel.

Tacha fronça les sourcils.

– Oui, c'est bien dommage, marmonna-t-elle. Ce gredin a tout prévu : il s'est assuré qu'il n'y aura aucun autre chat dans les parages, en prétendant qu'il devrait être SEUL, et il sait que je serai obligée de prendre ma forme humaine pour lui ouvrir sa boîte de thon et la lui apporter. Ainsi, il n'aura même pas à craindre la capitaine Jolie-Minette. Si seulement je pouvais…

Brusquement, elle s'interrompit et s'écria :

– Lucy ! Je viens d'avoir une idée GÉNIALE ! C'est TOI qui vas lui porter sa « rançon », et moi, je me changerai en chatte pour le suivre ! Il ne s'y attendra pas, c'est sûr.

– Quoi ? s'exclama Lucy. Tu es devenue folle ?

– Pas du tout ! Ce plan est parfait !

– Je ne trouve pas. D'abord, Monte-au-ciel verra que je ne suis pas toi.

– À mon avis, il n'y fera pas attention. Il verra deux jambes et l'odeur du thon couvrira la tienne. Il n'aura pas le moindre soupçon.

Lucy secoua la tête.

– Je ne peux pas te laisser faire une chose pareille. C'est trop risqué. Imagine que les Chats-Puants te reprennent ? Ils te tueront, cette fois !

– Mais non, puisque tu me serviras de garde du corps ! Si je suis en danger, je miaulerai et tu viendras me sauver ! insista Tacha surexcitée.

– Et s'ils te bâillonnent, comme la première fois ?

– Si tu ne m'entends plus pendant trop longtemps, tu n'auras qu'à venir me chercher, c'est tout.

Allez, Lucy ! Je sais que c'est faisable !

– Bon. Mais tu dois me promettre de ne pas t'éloigner de moi, exigea Lucy d'un air grave. J'ai vu ce que ces horreurs ont fait à Chouquette.

– Oui, oui ! Maintenant, passons aux détails de l'opération. Avant la fin de la nuit, Cogneur saura la vérité sur Immortel Monte-au-ciel !

Lucy dit à sa mère qu'elle allait chez Tacha ; Tacha dit à la sienne qu'elle allait chez Lucy. Ces mensonges croisés étaient très imprudents, fit observer Lucy, car si quelque chose leur arrivait, personne ne se douterait de rien. En plus, si l'un des parents découvrait le pot aux roses, elles seraient dans un méchant pétrin. Mais Tacha ne voulut rien entendre. Et comme Lucy était aussi déterminée qu'elle à « ouvrir les yeux » de Cogneur, elle se laissa persuader sans trop de mal.

À cinq heures de l'après-midi, tout était prêt. Les nerfs vibrant d'excitation, les deux complices montèrent en douce dans la chambre de Tacha. Quand cette dernière eut pris la pierre du professeur dans la main, elles s'avisèrent ensemble de la mine solennelle qu'elles arboraient et furent saisies d'un fou rire.

– Bonne chance, capitaine Jolie-Minette ! lança Lucy.

Puis elle reprit son sérieux.

– Tu… tu seras prudente, hein ?

– Oh, arrête de t'inquiéter ! rétorqua Tacha. Même si les Chats-Puants m'attrapent, tu seras capable de faire fuir une bande de matous, non ?

Elle ferma les yeux, se concentra et laissa le grand vent de la magie la réduire à la taille d'un chaton. Alors que sa petite tête rousse tournait encore, Lucy l'extirpa délicatement du tas de ses vêtements de fille.

– N'oublie pas de miauler aussi fort que tu le pourras si tu es en danger ! recommanda-t-elle.

Elle soupira.

– Ça me fait un drôle d'effet de parler ainsi à un chat. Est-ce que tu me comprends vraiment ?

Jolie-Minette hocha la tête, pour le plus grand plaisir de son amie.

– C'est super ! J'ai l'impression de rêver. Moi qui ai toujours souhaité avoir de grandes conversations avec ma pauvre Chouquette… Allez, on y va !

Sur la pointe des pieds, Lucy descendit Tacha au rez-de-chaussée. Mr. et Mrs. Williams discutaient dans la cuisine. Elle se faufila jusqu'à la porte d'entrée, ramassa la boîte de thon à l'huile qu'elles avaient ouverte et cachée derrière les bottes en caoutchouc de Tacha, sous le portemanteau, puis elle sortit sans bruit en prenant garde de ne pas la renverser.

– Pouah ! marmonna-t-elle, une fois dans l'avenue. Cette huile me coule sur les doigts. Je vais empester le thon pendant une semaine !

Jolie-Minette ne l'écoutait pas. Elle était transportée par le parfum divin qui s'échappait de la boîte. Il était si vivace qu'elle se le représentait presque sous la forme d'un superbe thon argenté, qui l'invitait à le croquer. Oh, qu'il lui faisait envie ! Elle en devenait folle de désir, au point de s'évanouir. Ce n'était plus tenable. Il fallait qu'elle ait ce poisson.

– Tacha ! protesta Lucy en haussant la boîte hors de portée de ses pattes. Qu'est-ce qui te prend ? Contiens-toi, voyons !

– Donne-moi ce thon ! glapit Jolie-Minette. Tu vas me le donner, oui ? Espèce de CHALETÉ ! CHANIFLARDE !

Avec un miaulement furieux, elle essaya de grimper à l'assaut de la manche de Lucy. Celle-ci leva la boîte encore plus haut. De son autre main, elle empoigna rudement la petite chatte.

– Reprends-toi, ou j'annule la mission ! déclara-t-elle d'un ton sévère.

Tacha se calma et cessa de gesticuler. Sa partie humaine avait terriblement honte. Elle s'était laissée dominer par les plus bas de ses instincts félins, elle avait hurlé à Lucy des insultes qu'elle ne connaissait même pas un instant plus tôt ! Elle allait faire un effort, bien qu'il lui fût excessivement difficile de résister à la tentation de ce thon juteux qui nageait dans l'huile. En guise d'excuse, elle lécha le bras de son amie.

– C'est bon, dit Lucy qui parut comprendre le message. Je te pardonne, mais ne recommence pas !

Elles étaient au coin de l'avenue Amiral-Tunnock. Ainsi qu'elles l'avaient décidé, Lucy déposa Jolie-Minette sur le trottoir. Celle-ci trottina jusqu'au bar, dont la porte était ouverte, et jeta un coup d'œil à l'intérieur : calme plat. Alors, elle fit signe à son amie de la suivre sur le côté, dans une petite allée qui menait au potager situé derrière la cuisine. Là, elle se cacha soigneusement (mais pas très confortablement) dans une caisse qui contenait des bouteilles vides.

Lucy lui avait demandé quel signal elle devrait donner pour prévenir Immortel Monte-au-ciel qu'elle était arrivée. Tacha avait répondu qu'elle n'aurait rien à faire : la puissante odeur du thon suffirait à attirer l'horrible gourmand. Elle ne s'était pas trompée. Une minute ne s'était pas écoulée que la silhouette trapue de Grosminet apparut sur le seuil de la cuisine.

Derrière ses bouteilles, Jolie-Minette frissonna. L'onctueux grand crieur n'avait plus du tout l'air d'un saint matou quand il ne se savait pas observé. Sa face noire avait une expression sournoise et calculatrice. Son odeur elle-même s'était transformée : elle n'avait plus rien d'un doux parfum de beurre chaud ; âcre, étouffante, elle faisait penser à du plastique brûlé. Il était de plus en plus clair que Lucy avait vu juste.

Celle-ci posa la boîte ouverte par terre. Puis,

comme convenu, elle partit se cacher au fond de l'allée. Mais ce gros glouton de Monte-au-ciel n'attendit même pas que l'ouvreuse de boîtes ait quitté le potager : avant qu'elle ait franchi la haie, il avait déjà plongé le museau dans le thon et se délectait en évitant soigneusement les bords coupants de la boîte. Il commença par laper l'huile, croqua ce qu'il put, puis, du bout des griffes, fit sauter les morceaux restants dans l'herbe, afin de les dévorer sans problème.

En un rien de temps, la boîte fut vide. Le révérend rota bruyamment et se pourlécha les babines d'un air satisfait, assis sur son imposant derrière, pendant que Jolie-Minette bouillait d'impatience. Ce sale bandit allait-il se décider à bouger, oui ou non ? Elle grillait de savoir ce qu'il raconterait aux Chats-Puants, maintenant qu'il avait mangé la « rançon ». Si la bande de Griffu était au courant, ce qui n'était pas certain…

Enfin, il se remit sur ses pattes et retourna d'un pas lent dans le bar. « Action ! » se dit la capitaine. Elle bondit derrière lui, tous ses sens (félins et humains) en alerte pour le suivre sans être vue. Les odeurs lourdes et écœurantes du bar la malmenèrent copieusement. Elle fut heureuse de ressortir dans l'avenue, où elle put se concentrer sur sa cible.

Le traître ne tarda pas à l'entraîner en territoire ennemi. Le petit cœur de Jolie-Minette tambourinait de terreur, car une foule d'odeurs maléfiques grouillaient autour d'elle. Elle aurait tout donné pour retourner chez elle à toutes pattes, mais elle devait tenir bon : il fallait qu'elle démasque l'hypocrite révérend.

Monte-au-ciel franchit un portail ouvert et remonta une allée qui longeait une demeure imposante. La partie humaine de Tacha se sentit soudain assez mal à l'aise : c'était la maison de Mrs. Coombes, la directrice de l'école. Mais ce malaise n'était rien à côté de l'épouvante qu'éprouva Jolie-Minette quand elle identifia l'affreuse odeur du commandant Chairapaté... Elle était sur son territoire, et un terrible danger la menaçait !

Où était Lucy ? Elle jeta un coup d'œil par-dessus son épaule et ne l'aperçut nulle part. Tant pis... Il était trop tard pour reculer, à présent. Elle suivit le crieur dans le jardin de derrière. Derrière un appentis en bois, des odeurs et des voix de Chats-Puants montaient en masse. En s'efforçant de ne pas penser aux risques qu'elle courait – et en priant le ciel que Lucy n'ait pas perdu sa trace –, elle s'accroupit derrière un gros arrosoir à la pomme rouillée.

Si elle tendait un tout petit peu le cou, elle pouvait apercevoir les chats rassemblés à quelques mètres d'elle : il y avait Griffu, sa première femme, Pantéra, et le très beau (mais sinistre) Chairapaté. Tacha reconnut également des chats qu'elle avait aperçus dans le voisinage : un couple de siamois, minces et exotiques, et un gros matou angora blanc aux poils si ébouriffés qu'il ressemblait à un oreiller en plumes crevé. En revanche, aucun signe de Patatras ni de Chaparda.

– Avance, Monte-au-ciel ! ordonna le commandant. Quelles nouvelles nous apportes-tu ?

– Pouh…, souffla le crieur. Ce qu'il fait lourd, aujourd'hui ! Vous ne trouvez pas ?

Il s'assit.

– Je crains de devoir vous transmettre une autre exigence des Entrechats…

Les Chats-Puants grognèrent.

– Cette fois, ces chanailles réclament dix bonnes grosses mouches et deux pigeonneaux encore en vie, si possible, mais qui ne se débattent pas trop.

– Je vais lancer mes meilleurs chasseurs, dit Griffu. Comment se porte ma petite Chaparda ?

– Oh, bien, bien…, répondit Monte-au-ciel d'un ton évasif. Aussi longtemps que vous enverrez de la nourriture, les Entrechats ne la tueront pas.

Tacha faillit en miauler de stupeur. Quel MENTEUR ! Et quel TOUPET ! Elle n'en revenait pas. Ce chat était un AGENT DOUBLE ! Il se servait de la disparition de Patatras et de Chaparda pour faire chanter LES DEUX CÔTÉS ! Savait-il seulement où étaient les jeunes fuyards ? Et où était sa place à lui, au juste ?

– Bon. Eh bien, je vais m'en aller, déclara-t-il.

Il se leva et secoua les oreilles. Le commandant Chairapaté lui barra le passage.

– Pas si vite !

– Nous commençons à nous LASSSSER d'attendre, siffla Griffu. Où est la Sardine ?

Le révérend prit un air plus évasif encore, mais très digne.

– Mon cher Griffu, ne fais pas l'ignorant. La Sardine sacrée n'arrive pas au premier coup de sifflet. Il faut la SÉDUIRE, la CHARMER…

Il rota.

– Pardon. Je l'emballerai dès que je le pourrai. Je vais dire des prières d'invocation spéciales, ce soir.

– Tout ça, c'est du CACA DE CHIEN ! commenta grossièrement Chairapaté. Dis-lui de se presser un peu, mon joli. Car si je te revois ici SANS ELLE, j'ouvrirai ton gros ventre fourré de mes griffes – et je t'expédierai si vite aux Chats Élysées que tu n'auras même pas le temps de comprendre que tu es parti !

– Ce serait assez stupide de ta part, répondit froidement Immortel Monte-au-ciel. Tu ne peux pas me tuer avant d'avoir la Sardine, hein ?

– Ne compte pas trop là-dessus ! gronda Griffu. Si je découvre que tu m'as menti, j'espère pour toi que tu apprécies la verdeur de certaines PELOUSES !

– Un instant ! coupa Pantéra. Je flaire quelque chose !

Son petit nez rose huma l'air ambiant avec avidité. Elle tourna la tête en tous sens, avant de la braquer droit dans la direction de Jolie-Minette.

– Joie et délices ! Je flaire… du CHAT-À-TUER !

Tacha s'était changée en pierre. Son sang bourdonnait dans ses oreilles. Pantéra était affamée de meurtre… Son odeur assassine s'abattit sur la petite chatte rousse – juste avant sa patte.

Jolie-Minette voulut piailler, mais aucun son ne sortit de son gosier. La patte osseuse de Pantéra était plaquée sur sa gueule et l'empêchait de respirer.

– C'est la FILLE-CHAT ! s'exclama-t-elle, enchantée. Elle est À MOI ! Je réclame l'honneur de tuer une humaine !

Alors, tel un signe venu du ciel, une voix féminine retentit au-dessus d'eux :

– Voyons si elle s'est réfugiée dans mon jardin.

Mrs. Coombes arrivait d'un pas vif dans l'allée. Et, comble du bonheur et du soulagement pour Tacha, Lucy marchait près d'elle ! Son amie, si timide, avait donc osé sonner à la porte de la directrice ? C'était un exploit, car même les professeurs de l'école primaire de Bagwell Park avaient un peu peur de cette femme sévère et imposante.

Les siamois, Immortel Monte-au-ciel, Pantéra et Griffu disparurent comme des flèches par-dessus le mur. Outre Jolie-Minette et le commandant

Chairapaté restait l'angora blanc, que Mrs. Coombes renvoya d'un ton ferme dans ses chaumières :

– Nuage ! cria-t-elle. Veux-tu bien rentrer chez toi ?

– Elle est là ! s'exclama Lucy. C'est ma petite chatte !

Elle se baissa et prit Tacha dans ses bras. Mrs. Coombes, qui paraissait d'une humeur exquise, lui sourit.

– Je suis contente que tu l'aies retrouvée. Elle est adorable, vraiment ! Je n'avais encore jamais vu de chatte rousse avec d'aussi jolies zébrures. Comment s'appelle-t-elle ?

– Euh… Maud, répondit Lucy après une brève hésitation.

– C'est un nom charmant.

La directrice se pencha pour caresser le commandant Chairapaté.

– Ce vilain garnement est mon Jacko.

– Il est magnifique, déclara Lucy, sincère.

– Oui. Et d'une douceur… Un grand chaton !

Lucy remercia poliment Mrs. Coombes, puis elle emporta Tacha hors du jardin en la serrant bien fort contre elle. Une fois dans la rue, elles aperçurent par la fenêtre du salon Chairapaté qui jouait avec une vieille chaussette. Il leur décocha un regard si venimeux que Jolie-Minette en frémit.

– Tu as eu des ennuis, hein ? chuchota Lucy dans sa petite oreille délicate. J'ai reconnu ce beau chat tigré.

Le Jacko de la directrice est cet horrible commandant, n'est-ce pas ? Est-ce qu'ils voulaient te tuer ?

Tacha hocha la tête avec vigueur.

– Je suis venue à ton secours aussi vite que j'ai pu, reprit Lucy. Je crois que je ferais bien de te ramener chez toi, maintenant, non ?

De nouveau, Tacha acquiesça. Sa partie humaine rêvait de toasts grillés et du savoureux ragoût préparé par Mr. Williams pour le dîner. Une seconde plus tard, cependant, elle oublia totalement ce genre de pensées : une odeur venait de leur couper le chemin. Et pas n'importe laquelle ! La lourde silhouette du grand crieur se faufilait le long de l'avenue, zigzaguant entre les haies et les poubelles de manière à ne pas être vu. Jolie-Minette réagit aussitôt. Elle n'aurait jamais de meilleure chance de suivre ce gros enfoiré et de découvrir où il cachait la Sardine sacrée ! En un clin d'œil, elle s'échappa des bras de Lucy et détala sur le trottoir.

– Où vas-tu ? s'écria sa camarade. Tacha ! À quoi joues-tu ? Tu as perdu la tête, ou quoi ? Reviens !

Tacha aurait bien voulu s'expliquer, mais elle n'avait pas le temps. Dans la lumière déclinante de la fin d'après-midi, elle gardait ses prunelles émeraude rivées sur le dodu postérieur d'Immortel Monte-au-ciel.

Chapitre 10

LES PLUMEAUX

Lorsque les deux chats passèrent la zone de la Terrible Soufflerie (le carrefour très venté situé au bout de l'avenue Amiral-Tunnock), le félon ralentit. Tacha pouvait l'entendre souffler et ahaner, car sa graisse le gênait pour courir. Il obliqua dans la portion de territoire que les humains appelaient Victory Street, une rue lugubre et déserte. Elle était bordée d'un côté par le mur sans fenêtres de la boulangerie grecque, de l'autre par l'ancienne voie ferrée. Immortel Monte-au-ciel se dirigeait vers les rails. Il jeta un coup d'œil prudent alentour, puis il se faufila péniblement dans un trou du grillage à moitié tombé.

Jolie-Minette hésita. Ce serait certainement une folie de le suivre dans ce sinistre endroit. Pas à cause des trains – il n'en passait plus depuis longtemps, ils ne risquaient pas de l'écraser ; mais une pancarte accrochée au grillage avertissait en grosses lettres : « DANGER ! INTERDIT D'ENTRER ! » En outre, les mauvaises herbes lui paraissaient aussi hautes que des immeubles de bureaux.

Et ce n'était pas tout… Sa partie humaine savait, comme tout le monde, que l'ancienne voie était le repaire des chats sauvages. Elle en avait souvent aperçu qui rôdaient autour des conteneurs à ordures, sales et revêches, sans collier ni grelot. Quelqu'un avait écrit au journal local pour se plaindre que ces animaux repoussants étaient une « menace » pour les chats respectables de la ville. Aussi, elle n'était pas très sûre d'avoir envie de les voir de près. Mais, par ailleurs, il serait vraiment dommage d'abandonner à ce stade. Alors, s'efforçant de paraître courageuse, elle trottina vers le trou du grillage.

– Non ! Tu ne vas pas t'enfiler là !

Lucy venait de la rattraper, hors d'haleine.

– Sois raisonnable, je t'en prie ! Si tes parents te savaient en train de traîner dans ce quartier, ils seraient fous d'inquiétude !

– Désolée, miaula Jolie-Minette.

Elle bondit de l'autre côté et disparut dans l'immense savane enchevêtrée qui sentait le chou. Sous ses pattes, le sol ressemblait à des cendres ; il était truffé de bouts de verre et de métal. Les hautes herbes poussaient sur une pente qui descendait vers la voie ferrée. Elle la suivit et se cacha dans l'ombre d'un tas de détritus. Les rails étaient jonchés de déchets en tout genre – bobines de fil de fer rouillé, bidons d'huile cabossés, Caddie de supermarché tordus, meubles sans pieds. Le révérend poursuivit sa route le long de la voie et s'arrêta devant l'entrée obscure du vieux tunnel.

Tacha frissonna. Elle détestait les tunnels. Ils étaient horriblement sombres et on ne savait jamais ce qui pouvait être tapi à l'intérieur.

La voix éraillée d'un matou gronda :

– Qui va là ? Je flaire un PLUMEAU !

– Pas étonnant, répondit le grand crieur. C'est MOI ! Le Plumeau SACRÉ. Laisse-moi entrer, Bandit. Nous ne devons pas faire attendre ta mère.

– Pff ! souffla Bandit, dont la fourrure blanche était tachetée de roux et de noir. Tu ne t'en es pas tellement préoccupé, jusqu'à présent. La vieille est furax contre toi !

Il libéra l'entrée, puis déguerpit dans le tunnel. Le révérend marqua une pause, le temps de plaquer un sourire horriblement faux sur sa face sournoise, et lui emboîta le pas.

Jolie-Minette inspira plusieurs fois à fond, histoire de calmer un peu son cœur qui battait la chamade, après quoi elle rampa à leur suite. En fait, l'intérieur du tunnel était moins noir qu'elle ne le craignait. Elle put distinguer une importante troupe de chats sauvages, regroupés en silence autour d'une malle en bois toute cassée. Sur la malle trônait la vieille chatte la plus saisissante que Tacha eût jamais vue : il ne lui restait qu'une oreille en lambeaux, sa vilaine figure était fripée, des plaques roses trouaient son pelage râpé. On aurait dit une chatte morte, mal empaillée et mangée par les mites. Jolie-Minette se coula le long du mur humide et se cacha derrière un petit tas de briques. Elle devinait que cette vieille femelle était une sorte de reine.

Immortel Monte-au-ciel se laissa choir sur son gros derrière.

– Ouf ! Bien le bonsoir, Démona.

– Il était grand temps que tu te montres, vieille chanaille ! grinça la maîtresse des lieux. Où étais-tu passé, ces trois derniers noirs ?

Le rictus du révérend s'élargit.

– Je travaillais, très chère. Pour nous deux et pour notre splendide avenir. N'abîme donc pas ta fascinante frimousse par ce vilain froncement de sourcils !

Jolie-Minette se dit que Démona serait vraiment chaplapla si elle croyait à ces sornettes, mais elle parut les apprécier.

– Hé hé hé ! gloussa-t-elle. Vieux coquin de panier percé ! Es-tu roi des Plumeaux, maintenant ?

– J'ai eu un petit problème, répondit le crieur. Puis-je te parler seul à seule, ma jonquille ?

Démona promena son regard jaune sur la foule des chats sauvages.

– Vous avez entendu, Chanapans ? Tout le monde dehors, et qu' cha saute !

La plupart des chats disparurent instantanément, comme par magie. Jolie-Minette trembla en sentant des moustaches la frôler au passage.

– J'ai dit SEUL ! gronda le révérend, qui balança sa queue d'un geste courroucé.

Un groupe de matous à l'air coriace étaient toujours assis autour du « trône » de Démona.

– Mes dix-huit fils ne bougeront pas, déclara celle-ci. N'est-ce pas, les garçons ?

– Oui, m'man, marmonnèrent ses rejetons.

La voix de Monte-au-ciel demeura posée, mais sa queue s'agitait de plus en plus fort.

– C'est bon, Démona. Ne commence pas à faire des histoires. Figure-toi que les Chats-Puants menacent de me TUER – mais que je pourrai m'en sortir si tu me rends la Sardine.

Jolie-Minette faillit piauler d'excitation. C'était donc Démona qui avait la Sardine sacrée ! Elle allait enfin la voir !

– Hé hé hé ! caqueta la cheftaine des Chanapans. Pas de Sardine avant le mariage, mon gros loup ! Tu m'as promis de m'épouser et de faire de moi une REINE !

Le révérend soupira.

– Sois raisonnable. Comment veux-tu que je devienne roi et que je mette la patte sur le trésor des Plumeaux alors que les Chats-Puants veulent ma peau ? Écoute…

Il se leva, devenu soudain un vrai chat d'affaires.

– Voici mon plan : je vais faire semblant de porter la Sardine à Griffu. Alors, tes Chanapans l'attaqueront et le tueront. Quand nous aurons vaincu les Chats-Puants, notre armée s'en prendra aux Entrechats et liquidera la famille royale au grand complet – plus ce vieux radoteur chaplapla qui se fait appeler « général ». Mais, d'abord, il me faut la Sardine.

– Et moi, d'abord, il me faut le mariage, riposta Démona. Notre union ne sera légale qu'une fois les griffures accomplies.

Monte-au-ciel frappa le sol d'une patte agacée.

– Entendu ! Nous les accomplirons demain.

– Ce soir ! siffla Démona. Tout de suite !

Le grand crieur n'eut pas l'air de trouver cette idée à son goût.

– À condition que j'aie la Sardine, insista-t-il. Tu

m'as proposé de la garder à l'abri, loin des museaux fureteurs des Entrechats et des Chats-Puants, et je t'en suis très reconnaissant. Mais maintenant, je dois la récupérer.

– Oui, oui, oui ! glapit Démona en poussant un miaulement saccadé, très vulgaire, qui devait être un rire. Tu vas l'avoir, ta Sardine !

Ses dix-huit fils s'esclaffèrent avec elle. Le tunnel tout entier résonnait de ce vacarme déplaisant. Tacha vit qu'Immortel Monte-au-ciel était nerveux et agité. Quelques rejetons assis à l'arrière commencèrent à se bourrer de coups de patte. Bientôt, tous les fils de Démona se battirent méchamment autour du révérend qui chancelait.

Soudain, une voix de chat inconnue murmura à l'oreille de Jolie-Minette :

– Ne te fais surtout pas remarquer ! Tu es en danger, ici : s'ils te trouvent, ils te tueront. Tourne-toi doucement et accroche-toi à moi. Je vais te guider.

C'était une voix bizarre, assourdie, qui ressemblait à celles que l'on entend dans les rêves. Jolie-Minette se tourna et se retrouva face à l'arrière-train d'un chat noir, mince et lustré. Faute de mieux, elle referma les crocs sur le pinceau de poils qui terminait sa queue – délicatement, pour ne pas lui faire mal – et se laissa entraîner prestement hors du tunnel.

Son étrange guide zigzagua et virevolta un bon

moment dans la jungle des herbes folles. Jolie-Minette eut l'impression de parcourir des kilomètres. Enfin, dans une sorte de petite clairière, elle aperçut un vieux matelas pourri dont les ressorts rouillés et la laine sortaient de la toile éventrée. Non loin de là, un gros baril d'huile était posé sur le flanc. Une bâche en plastique déchirée, ancrée au sol par des morceaux de béton, pendait devant l'ouverture. À côté, un enjoliveur de voiture contenait de l'eau.

Le mystérieux chat noir s'arrêta. Pendant que Jolie-Minette se désaltérait, il écarta le rideau en plastique et tira du baril, avec ses dents pointues, une grosse touffe de laine à matelas qu'il poussa vers la petite chatte.

– Assieds-toi, je t'en prie.

Jolie-Minette ne répondit pas ; interloquée, elle contemplait son sauveur, un beau matou déjà mûr mais en pleine forme, apparemment. Il portait autour du cou un collier sale et élimé. Son pelage était d'un noir uni, à part les deux cercles blancs qui entouraient ses yeux et ressemblaient à des lunettes. Bizarrement, sa figure triangulaire lui paraissait familière. Où l'avait-elle déjà vu ? En tout cas, elle n'avait jamais entendu parler d'un chat qui fût capable de remplir tout seul sa gamelle d'eau et de se bâtir une cabane.

– Qui es-tu ? demanda-t-elle à mi-voix.

– Mon nom est Toutank, répondit solennellement

le chat noir. N'aie pas peur. Les Chanapans ne viendront pas nous embêter ici. Je suis un Plumeau, comme toi, mais ils ont appris à me respecter.

– Un Plumeau ? Qu'est-ce que c'est ?

– C'est le nom que les chats sauvages donnent aux chats domestiques qui vivent avec les humains, expliqua Toutank.

– Mais tu n'as pas d'humains, toi ?

– J'en avais un, autrefois. Un vieux bonhomme que j'aimais beaucoup. Un jour, en sautant chez lui par la « fenêtre à atterrir », je l'ai trouvé mort dans son fauteuil.

– Oh, pauvre minet ! miaula Jolie-Minette apitoyée. Et tu n'as plus trouvé personne pour s'occuper de toi ? C'est pour cela que tu es devenu sauvage ?

– En vérité, je n'avais pas envie d'avoir un autre humain, après lui, répondit gravement le chat noir. Alors, après avoir appelé une ambulance pour l'emporter, je suis venu ici.

Sous sa fourrure rousse, Tacha était stupéfaite – et un peu effrayée.

– Tu veux dire que tu as composé le numéro des urgences sur le téléphone ? Tu sais parler le langage humain ?

Toutank sourit.

– Bien sûr que non. Mais taper sur des touches n'était pas difficile. Ensuite, j'ai miaulé de toutes mes forces, jusqu'à ce qu'ils nous trouvent.

– C'est génial ! Tu es très intelligent !

– Tu ne me parais pas bête non plus, remarqua Toutank en observant la petite chatte d'un air pensif. Tu sais beaucoup de choses sur les humains, pour quelqu'un de si jeune.

Tacha décida de ne pas lui révéler son secret. Ce chat peu ordinaire la mettait mal à l'aise, elle n'était pas sûre de pouvoir lui faire confiance.

– Je suis moins savante que toi, dit-elle simplement.

Elle s'assit sur la bourre de matelas ; c'était très confortable.

– Les Chanapans ne sont pas si mauvais, quand on les connaît, reprit son compagnon. Ils m'ont adopté, en quelque sorte. Je leur apprends ce que je sais du monde extérieur et ils m'enseignent leur ancienne sagesse. À part ça, nous ne nous mêlons pas de nos affaires respectives. S'ils te trouvaient, je ne pourrais pas les empêcher de te mettre en pièces. Je te ferai quitter leur territoire dès que les noces commenceront.

– Merci, dit Jolie-Minette.

– D'ici là, nous allons manger un morceau.

Toutank s'enfila dans son bidon et en ressortit avec deux bouts de saucisse rance dans la gueule. Il en déposa un devant son invitée.

– J'ai trouvé ça dans une poubelle. C'est surprenant ce que les humains peuvent jeter.

Les deux chats se restaurèrent, tout en tendant

l'oreille vers le tunnel. Les Chanapans étaient devenus étrangement silencieux. Pendant un moment, il n'y eut rien à entendre, hormis le bruit du vent qui agitait les hautes herbes autour d'eux. Et puis, soudain, un chant s'éleva – entonné d'abord par une voix de chat et repris par une centaine d'autres. La beauté sauvage de cette musique fascina Jolie-Minette. Il lui semblait qu'elle aurait pu l'écouter pendant des heures.

En voyant son expression captivée, Toutank sourit.

– C'est beau, hein ? Ces chats peuvent paraître sales et ignorants, mais ils ont su conserver l'héritage des temps anciens, que les Plumeaux ont oublié.

Il lécha ses pattes de devant et se leva.

– Je pense que tu peux partir tranquillement, maintenant. Viens.

Jolie-Minette le suivit à travers des vallons herbeux, le long de tas de détritus chancelants. L'odeur sauvage et dangereuse des Chanapans les entourait, mais le vieux chat savant avait su se ménager un véritable labyrinthe de sentiers secrets.

– Te voilà arrivée, petite chatte, dit enfin Toutank en désignant de la tête le trou par lequel elle était entrée dans la clôture. J'ai été enchanté de te connaître, mais ne reviens pas, je t'en prie. Une autre fois, je ne serai peut-être pas là pour te sauver.

– Merci beaucoup, beaucoup, miaula Jolie-Minette. Tu as été vraiment très gentil.

Toutank ouvrit la gueule pour dire quelque chose, mais il fut interrompu par un terrible hurlement qui venait du tunnel. C'était Immortel Monte-au-ciel, qui glapissait d'une voix mourante :

– NOOOOON !

Le chat noir secoua tristement la tête.

– J'espère que Démona sait ce qu'elle fait.

Une nouvelle fois, Jolie-Minette fut saisie d'épouvante. Le crieur avait beau être un traître abominable, elle ne supportait pas de l'imaginer mis à mal.

– Que se passe-t-il ? demanda-t-elle anxieusement.

– La destinée à l'œuvre, répondit Toutank.

Chapitre 11

EXPÉDITION NOCTURNE

Près du trou, Lucy attendait en arpentant nerveusement le trottoir et en consultant sa montre d'un air anxieux. Quand elle vit apparaître Jolie-Minette, elle relâcha son souffle, soulagée.

– Tacha ! J'ai entendu des cris affreux, je pensais qu'il t'était arrivé quelque chose. Es-tu blessée ?

La petite chatte fit signe que non.

– Je suis si contente que tu sois revenue ! Je ne savais plus que faire. On ne peut pas appeler la police parce que des chats se battent… Rentrons vite chez toi !

Tacha était très fatiguée, son petit cerveau de chatte était embrouillé par une foule de nouvelles impressions. Elle fut heureuse de sauter dans les bras secourables de Lucy. Quand elle chercha Toutank des yeux, l'étrange chat surdoué avait disparu.

La nuit tombait. Si l'un de leurs parents découvrait qu'elles étaient dehors à une heure pareille, elles allaient en entendre de belles ! Lucy se hâta à travers le quartier de Bellevue, la tête basse. Quand elle arriva au coin de l'avenue Amiral-Tunnock, Marcus Snow était devant le bar, un bol à la main.

– Grosminet ! appelait-il. Viens manger !

Tacha se rappela le cri affreux qu'elle avait entendu et eut de la peine pour Marcus. Selon toute vraisemblance, son chat gisait, mort, près de la voie désaffectée, assassiné par Démona et ses fils.

– Bonsoir, dit Marcus à Lucy quand elle passa près de lui.

– Bonsoir…, murmura-t-elle.

Par-dessus le bras de son amie, Jolie-Minette aperçut les horribles croquettes sèches qui emplissaient le bol de Grosminet et poussa un piaulement de dégoût. Pour un chat, ce repas paraissait aussi déprimant que le porridge au lait écrémé de Mrs. Williams. Si c'était là le menu de régime du révérend, elle n'était pas surprise qu'il ait été poussé au chantage.

Lucy allongea le pas.

– Espérons que nous allons pouvoir entrer sans être vues, chuchota-t-elle dans l'oreille pointue de la petite chatte.

Malheureusement, quelqu'un les vit… Emily Baines, assise sur le mur devant chez elle, mangeait des chips. Elle était seule, sans personne de sa bande, et avait l'air de s'ennuyer. Lucy baissa la tête et marcha encore plus vite, mais cette peste d'Emily sauta sur le trottoir et lui barra le chemin.

– Salut, dit-elle.

– Salut, répondit Lucy.

– D'où tu viens ? Ta mère te laisse sortir seule, le soir ?

– Oui, mentit Lucy.

Emily ouvrit des yeux ronds et croqua bruyamment une chips.

– C'est sûrement parce qu'elle est divorcée, décréta-t-elle. Elle n'a pas assez d'autorité, alors elle te laisse faire ce que tu veux.

Devant une grossièreté aussi gigantesque, Tacha serait devenue cramoisie de colère et de vexation. Mais le pâle visage de Lucy ne montra rien. Elle caressa Jolie-Minette d'un geste apaisant, sans répondre.

– C'est cette horrible petite teigne du cours de danse ! remarqua Emily. Tu l'as adoptée ?

– Une amie m'a demandé de la garder, dit Lucy.

Emily soupira et froissa le paquet de chips vide.

– Tu veux venir chez moi ?

Tacha ne put réprimer un couinement stupéfait. À quoi jouait ce chameau ?

– Non, merci, répondit Lucy. Je… je dois rentrer.

– Tant pis, marmonna Emily en se rasseyant sur le mur. Je t'aurais bien invitée avant – maman me dit que je devrais, parce qu'elle a pitié de toi –, mais tu es toujours fourrée avec cette bêtasse de Tacha Williams.

Lucy maintint fermement Jolie-Minette pour l'empêcher de sauter à la figure de leur ennemie.

– Tacha n'est pas une bêtasse. Elle est très gentille.

– Tu dis ça parce qu'elle a été la première à te parler, c'est tout ! trancha la peste. C'est toujours ce qui se passe quand on est nouvelle quelque part. Mais si tu ne te méfies pas, tu ne pourras plus te débarrasser d'elle. C'est la plus nulle de la classe. À mon avis, tu ferais mieux de la laisser tomber, maintenant.

Lucy avait pris un air pensif.

– Qu'est-ce que tu as contre Tacha ? demanda-t-elle calmement. Pourquoi la détestes-tu à ce point ?

Emily haussa les épaules, pouffa et tapa les talons de ses coûteuses tennis roses contre le mur.

– Ça semble évident, non ? C'est une pauvre empotée, avec un gros derrière et des habits carrément tragiques. En plus, ses parents sont bizarres. Tu pourrais trouver mieux comme amie.

– J'aime bien Tacha, déclara Lucy de sa voix posée.

Elle est intelligente, drôle et courageuse. C'est ma meilleure amie, en fait.

Quand Tacha entendit ça, une vague de bonheur balaya sa fureur. C'était officiel : elle avait une meilleure amie ! C'était elle, pas Emily, que Lucy avait choisie !

– C'est toi qui vois, dit Emily.

Soudain, dans la maison, une voix d'homme aboya :

– Emily ! Où est-elle encore passée ? Franchement, chérie, si elle ne supporte même pas de rester ici quand j'y suis, son éducation laisse vraiment à désirer ! Il y a des limites, chérie ! Si cela continue, elle ne vaudra pas mieux que ces voyous qui traînent dans les rues !

C'était le père d'Emily, dont les « chérie » semblaient tout sauf affectueux. Mr. Baines était souvent rouge de colère. Il hurlait tout le temps et sortait toujours de chez lui au pas de charge, son porte-documents à la main, comme s'il avait hâte de quitter son foyer, pensa Tacha. Le regard d'Emily était devenu opaque, comme une fenêtre derrière laquelle on aurait tiré un rideau. Elle sauta à bas du mur.

– Salut, dit-elle.

Lucy courut presque jusqu'à la maison des Williams, en priant le ciel que personne ne se soit aperçu de leur absence. Par bonheur, tout se passa comme sur des roulettes. Elle cacha Jolie-Minette sous son sweat-shirt et sonna. Quand Mr. Williams lui ouvrit, elle marmonna une histoire à dormir debout – qu'elles avaient changé d'avis, finalement, qu'elles dormiraient chez les Williams et que Tacha était déjà montée dans sa chambre.

– Parfait, répondit Mr. Williams d'un ton enjoué. Dis à Tacha que vous pouvez prendre la télé, si vous voulez, nous avons les Foster à dîner.

Il avait la bouche pleine, tenait un verre de vin rouge à la main, et des bruits de voix et de rires venaient de la salle à manger. Quand Lucy s'élança dans l'escalier, il lui décocha un grand sourire.

– Et si vous vous ennuyez en haut, vous pouvez descendre !

– Merci, répondit Lucy – qui savait pertinemment qu'elles ne risquaient pas de s'ennuyer.

Cogneur était accroupi en position de poulet rôti devant la porte de Tacha, la mine anxieuse. Dès que la petite chatte rousse pointa son museau hors du sweat-shirt de Lucy, il bondit sur ses pattes avec un miaulement soulagé.

– Louée soit la Divinité ! Où étais-tu donc ? Capitaine Jolie-Minette, vous êtes un jeune officier très indiscipliné, qui cause de graves troubles à son entourage !

– Ne grimpe pas sur tes griffes, Cogneur ! supplia Tacha d'un ton pressant. J'étais chez les Chanapans et...

– Tu étais OÙ ? tonna le général.

– Je sais qui a la Sardine sacrée !

Avant que le vieux chat ait pu répondre, Mrs. Williams appela d'en bas :

– Natacha ! Viens dire bonsoir aux Foster !

– Mince ! souffla Lucy.

À voix haute, elle lança :

– J'arrive !

Puis elle chuchota :

– Vite !

Avoir une meilleure amie rendait Tacha très sûre d'elle.

– Je ne peux pas t'en dire plus maintenant, miaula-t-elle à Cogneur. Mais il faut que je te parle tout à l'heure : c'est urgent !

Le général fronça les sourcils.

– Notre conseil de guerre se réunit cette nuit chez Chabellan. Je suppose que tu peux m'accompagner, mais tu auras intérêt à ne pas nous faire perdre notre temps, jeune demoiselle !

– Écoute, Cogneur…

– Natacha !

Le pas de Mrs. Williams résonna dans l'escalier. Jolie-Minette poussa un miaulement alarmé et bondit hors des bras de Lucy – en un gigantesque vol plané qui la fit atterrir sur son lit. Elle se jeta sur la pierre du professeur et implora le chat noir de la laisser sortir du temple en quatrième vitesse. Dès qu'elle eut retrouvé sa langue humaine, elle cria :

– Tout de suite, maman ! J'étais aux toilettes !

– Elle redescend, indiqua Lucy. Ouf ! J'ai eu chaud !

Encore à bout de souffle, Tacha enfila les premiers habits qui lui tombèrent sous la main.

– J'aurais bien voulu que tu me laisses griffer cette saleté d'Emily ! bougonna-t-elle. La punaise ! C'est moi qu'elle traite d'empotée ? Et qu'est-ce qu'elle veut dire à propos de mes habits ? Ma mère ne peut pas souffrir les fanfreluches rose bonbon, c'est tout !

– À mon avis, Emily t'en veut parce qu'elle est jalouse de toi, déclara posément Lucy.

Tacha eut un rire sarcastique.

– Elle ? Tu plaisantes ! Qu'est-ce qu'elle aurait à m'envier ?

– Tes parents, répondit Lucy. Ils sont super, alors que les siens… Tu as entendu son père ! Il n'arrête pas de crier après sa femme. D'après maman, on finira par retrouver la pauvre femme sous les lattes du plancher, un jour. Tu t'imagines avec un père pareil, toi ?

Tacha hésita. Éprouver de la pitié pour cette vipère d'Emily Baines, ça faisait bizarre.

– Elle doit y être habituée, grommela-t-elle.

– Peut-être, mais ça ne veut pas dire que c'est plus facile. Mon père criait tout le temps, lui aussi. Je détestais ça.

– Oh…

Tacha aurait voulu s'excuser, mais elle ne savait comment. Pour la première fois, elle se voyait comme Lucy devait la voir : pas du tout comme une cruche, mais comme une fille qui avait la chance fabuleuse d'avoir des parents formidables, qui se disputaient uniquement quand ils jouaient au Monopoly. Je ne les apprécie pas assez, pensa-t-elle. Grâce à Lucy, sa vie lui apparaissait sous un autre angle, tout à coup.

Son amie sourit pour lui montrer qu'elle ne cherchait pas à lui donner mauvaise conscience.

– Ce qu'ils mangent en bas sent rudement bon ! dit-elle. Tu crois qu'il y aura des restes pour nous ?

– Je l'espère ! gloussa Tacha. Je meurs de faim. Tout ce que j'ai eu pour dîner, c'est une minuscule bouchée de saucisse moisie !

Elle avait une vraie meilleure amie. Lucy avait dit à Emily qu'elle était courageuse. Avec ça, elle se sentait prête à affronter n'importe quoi.

Cogneur était toujours d'aussi mauvais poil quand il réveilla Tacha pour qu'ils se rendent chez le Premier ministre. Il refusa de lui adresser la parole, car il ne voulait toujours pas croire à la culpabilité du saint révérend – et il était furieux que sa petite ouvreuse de boîtes ait mis sa vie en danger sans sa permission.

Les deux chats trottinèrent donc en silence dans les

rues endormies. L'adresse humaine de Chabellan était un appartement situé près des boutiques de Pole Crescent. Le chat roux et blanc y vivait avec un grand chien colley qui leur tint aimablement la chatière ouverte et, du museau, poussa un bol de croquettes à la viande dans leur direction. D'après la médaille accrochée à son collier, il s'appelait Skipper, mais Chabellan le présenta sous le nom de Péteur. Bien que Jolie-Minette fût un peu effrayée par sa taille et par le vacarme qu'il faisait en buvant, elle se rendit vite compte qu'il était très ami avec Chabellan. Il parlait même félin (avec un terrible accent) et le chat lui répondait en langage canin, risquant quelques blagues qui le faisait glousser. Les chiens et les chats étaient vraiment devenus des alliés, pensa Tacha, depuis la fameuse Guerre contre les oiseaux.

Mam'zelle Lisa et Bagarreur, les deux soldats d'élite de Cogneur, attendaient dans la cuisine du Premier ministre. Quand Jolie-Minette leur eut raconté son incroyable histoire (Chabellan traduisait les mots les plus compliqués pour Péteur), ils en restèrent sidérés. Cogneur en garda la gueule ouverte pendant au moins cinq minutes.

– Cha, alors ! s'exclama enfin Chabellan.

– Je n'ai jamais eu confiance dans ce gros matou trop fourré, dit Mam'zelle Lisa. Oh, la, la ! Je voudrais être une mouche pour assister à la scène quand Bing apprendra ça ! Elle va en nouer ses moustaches !

– J'ai eu tort de douter de toi, Jolie-Minette, déclara Cogneur d'un ton solennel. C'est moi qui t'ai mise en danger, en refusant de t'écouter.

– N'en parlons plus, répondit Tacha en lui léchant la patte. Le problème, c'est de savoir ce que nous allons faire, à présent.

– Nous n'allons sûrement pas prendre la peine de libérer cette CHAPOUILLE de Monte-au-ciel ! gronda le général. D'ailleurs, il est sûrement déjà mort. Ce qu'il faut, c'est mettre la patte sur la Sardine. Si c'est la cheftaine des Chanapans qui l'a, nous devons attaquer leur camp cette nuit même. Au travail, soldats Lisa et Bagarreur !

Chabellan, qui n'était pas très dégourdi, ne réclama pas l'honneur d'être engagé. Jolie-Minette et Péteur, en revanche, supplièrent Cogneur de les laisser participer à la mission. Le général ne daigna même pas écouter le chien, puisqu'il ne pouvait sortir de chez lui sans un humain. Mais Tacha insista.

– Que tu le veuilles ou non, Cogneur, tu as besoin de moi ! miaula-t-elle fermement. Il faut que je vous indique les sentiers secrets de Toutank. Sans moi, vous vous perdrez à coup sûr !

De très mauvais gré, le vieux chat finit par accepter. Alors, un par un, les membres de la patrouille sortirent par la chatière. Lorsqu'ils furent dans la rue,

Cogneur surprit Jolie-Minette en les conduisant d'abord dans un jardin de derrière.

– Éteignez vos couleurs ! commanda-t-il.

La petite chatte rousse ne comprit de quoi il retournait qu'un peu plus tard, quand elle vit ses compagnons sauter dans un barbecue et se rouler dans les cendres. Elle les imita, maquillant son beau pelage brillant en un vilain gris sale. Puis les quatre chats cendrés, invisibles dans la nuit noire, détalèrent vers l'ancienne voie ferrée.

– Restez groupés autour de moi ! ordonna Cogneur. Pas un élan sans ma permission !

Sa grosse voix s'adoucit et il ajouta :

– Fais très attention à toi, petite fille-chat. Mon vieux cœur se brisera s'il t'arrive quoi que ce soit.

Jolie-Minette lui lécha la joue, heureuse de rester dans son odeur protectrice. Son petit corps gris tremblait de peur – mais aussi d'excitation. Pour rien au monde elle n'aurait voulu rater ça. Alors qu'en fille elle était plutôt poule mouillée, en chatte elle se découvrait un goût immodéré pour l'aventure.

En silence, elle prit les devants et guida ses compagnons à travers le trou du grillage, puis dans la forêt d'herbes. Elle avait espéré apercevoir Toutank, mais il devait être chez lui et elle ne put retrouver son baril secret. Sans bruit, les quatre membres du raid rampèrent vers l'entrée du tunnel. Et, en approchant, ils entendirent quelque chose qui ressemblait à une fête. Les Chanapans glapissaient une chanson de banquet regorgeant d'allusions insultantes aux Plumeaux.

– Pouah ! Ces grossièretés me hérissent le poil ! chuchota Mam'zelle Lisa.

– Quelle bande de chacrottés ! souffla Cogneur. Ces clochats n'ont point de manières ! Servir chez les humains leur ferait le plus grand bien.

Fort heureusement pour eux, les Chanapans étaient trop occupés à s'amuser pour flairer des odeurs étrangères. Jolie-Minette les conduisit jusqu'à une brèche dans les herbes, d'où ils purent observer une scène étonnante.

Des dizaines de chats sauvages (il y en avait trop pour qu'on pût les compter) couraient en rond autour d'un tas de fil de fer barbelé tout emmêlé. Au début, Tacha crut qu'ils poursuivaient quelque chose. Puis elle comprit qu'il s'agissait d'une sorte de danse. Démona, juchée sur sa malle, dégustait avec délice un mets posé devant elle. De temps à autre, la gueule pleine, elle se joignait aux chants.

– Il faut arracher la Sardine à ces pattes impures ! murmura Cogneur.

Tout à coup, Tacha se rendit compte que Démona était en train de dévorer un rat mort, dégoulinant de sang. Son estomac d'humaine se souleva de dégoût, pendant que sa partie féline était révulsée par les vilaines manières de cette chatte pelée.

– Regardez ! chuchota soudain Mam'zelle Lisa, l'air suffoqué. Monte-au-ciel est là, au milieu de ces choses piquantes et emmêlées !

La stupeur fut générale. C'était bien autour du grand crieur, enfermé dans une sorte de cage grossière, que les Chanapans dansaient ! Malgré le hurlement d'agonie qu'il avait poussé, il était encore en vie.

– Pff ! Ils ne l'ont pas encore tué ! souffla Cogneur.

– Super ! s'exclama Bagarreur à mi-voix. On va pouvoir assister au meilleur morceau !

Les chants se turent et les danseurs s'arrêtèrent.

– Magnifique ! s'écria Démona, la queue du rat pendant de sa gueule tel un répugnant spaghetti noir. Une autre !

Monte-au-ciel se dressa dans sa prison rouillée, plein de dignité outragée.

– J'en ai assez, maintenant ! Laissez-moi sortir tout de suite !

– Taratata ! Tu vas d'abord m'écouter, vieux Plumeau rusé ! déclara Démona. Je vois clair dans ton jeu, à présent. Tu m'avais promis de m'épouser, de faire de moi ta reine et de me combler de présents. À t'entendre, mes Chanapans devaient passer à leur guise par les flips-flaps des Plumeaux et aller se goinfrer tant qu'ils voudraient de leur bonne nourriture en boîte. Mais je ne veux plus d'un mari qui tue mes neveux !

– Je t'ai expliqué, Démona. Je n'ai pas pu faire autrement – et je n'en ai tué que cinq !

– Cinq de mes meilleurs soldats ! siffla la vieille chatte. Et deux de mes sœurs ont juré de ne plus me parler tant que je ne les aurai pas vengées ! Je vais t'extirper la cervelle de mes griffes et me faire un beau tapis bien chaud de ta fourrure, ACHACHIN !

Ses dix-huit fils éclatèrent en miaulements grinçants et ronronnèrent à tout rompre.

– On ne peut pas la laisser faire ! chuchota Jolie-Minette épouvantée.

Tout compte fait, l'affreux révérend était aussi Grosminet, le chat de Marcus. Elle ne pouvait l'oublier.

– Je vais être le roi des chats ! clama le grand crieur. Vous ne m'en empêcherez pas !

Brusquement, la vilaine tête cabossée de Démona se figea. Ses moustaches frémirent.

– Je flaire des Plumeaux du côté de la butte à Fumier ! glapit-elle. Capturez-les !

Tout alla très vite. Tacha eut à peine le temps de se demander où était la butte à Fumier. Une queue noire, très dure, cingla sa frimousse de chatte. Elle en miaula de douleur. Puis des pattes musclées la poussèrent sur le sol couvert de suie, sans qu'elle puisse se libérer.

Quand on la lâcha, elle cligna fortement des paupières et s'avisa qu'elle se trouvait juste devant le trône de Démona. Ses trois compagnons étaient près d'elle, sévèrement gardés par dix-huit rejetons à la mine patibulaire.

– Bonsoir, général ! lança Immortel Monte-au-ciel depuis sa prison hérissée de pointes. C'est gentil d'être passé.

Les quatre pattes de Cogneur étaient coincées, mais ses moustaches frémissaient de rage.

– Traître ! gronda-t-il. C'est TOI qui as dévoyé mon Filou, vieille CHANAILLE ! C'est TOI qui as volé la Sardine sacrée ! TOI qui as révélé le secret de la fille-chat aux Chats-Puants !

– Eh oui ! ricana le grand crieur. Ce jeune Filou est un chaplapla de première catégorie, pas vrai ? Quand je lui ai dit que Griffu ferait de lui un lieutenant, il m'a cru ! Ha ha ha ha ! Vous êtes tous des crétins. Je suis plus intelligent que vous tous !

– Chouette ! s'exclama Démona. Je vais avoir un tapis INTELLIGENT !

Ses dix-huit fils s'esclaffèrent de nouveau, bruyamment. Soudain, Cogneur lâcha un énorme miaulement de stupeur.

– Par les arêtes du Grand Poisson ! Je n'en crois pas mes prunelles !

– Qu'y a-t-il ? demanda Jolie-Minette.

Le général l'ignora. Il n'avait d'yeux que pour Démona.

– Mon P'tit Beurre ! C'est vraiment toi ?

Démona le fixa, stupéfaite. Puis un large sourire défripa sa figure.

– Cogneur Duracuire ! Mon tout premier mari !

Immédiatement, les Chanapans relâchèrent leurs prisonniers.

– Mais… mais…, bredouilla Jolie-Minette, si surprise qu'elle en oublia sa peur. Tu es un Plumeau, Cogneur ! Est-ce que les Plumeaux peuvent épouser des Chanapans ?

– Oh, cela se produit tout le temps, répondit Démona. Mes meilleurs soldats sont tous des demi-Plumeaux. J'ai eu plusieurs maris Plumeaux, mais pas un n'arrivait aux griffes de Cogneur.

– Tu exagères, marmonna l'intéressé en souriant dans ses moustaches. Et tu étais toi-même une délicieuse petite chabriole !

– Mes quatre fils aînés sont de toi, annonça joyeusement Démona. Avancez, les garçons. Dites bonjour à votre papa.

Quatre de ses farouches rejetons se faufilèrent hors des rangs pour venir s'aplatir devant Cogneur, qui souriait de toutes ses dents.

– Beaux spécimens ! apprécia-t-il fièrement. Regardez-moi ces belles queues touffues !

– Voilà qui change tout, reprit Démona. Ces Plumeaux peuvent s'en aller – à moins qu'ils veuillent assister à la mise en pièces.

– S'il te plaît, mon P'tit Beurre, ne tue pas cette ordure de Monte-au-ciel, dit le général. Donne-le-nous.

Démona ouvrit des yeux ronds.

– Pourquoi faire ?

– Les chats qui vivent avec les humains ont d'autres habitudes, répondit Cogneur. Ce traître doit être JUGÉ. C'est la loi, chez nous.

– Oh, Cogneur..., soupira Démona. Tu sais bien que je n'ai jamais rien pu te refuser ! Les enfants, entortillez joliment le prisonnier. Satanic, tu dirigeras les opérations.

– Oui, m'man !

Ce qui suivit fascina Tacha. Les dix-huit fistons se ruèrent sur le fil de fer barbelé. On ne voyait qu'un mur de fourrures multicolores, tachetées ou rayées, mais il en sortait des feulements sauvages. Quand ils s'écartèrent, Immortel Monte-au-ciel était saucissonné par des mètres et des mètres de ruban vert de jardinier. Ses quatre pattes et sa queue étaient plaquées contre son corps dodu, ce qui le faisait ressembler à une grosse boule poilue, et un trognon de pomme pourri lui coinçait la gueule. Ses yeux n'étaient plus que des fentes rageuses.

– Merci, dit Cogneur en dédiant un gracieux mouvement de queue à Démona.

– Je t'en prie. Tu sais, j'ai toujours cette ravissante

souris morte que tu m'as offerte, murmura la vieille chatte, câline. Elle a durci.

– Je repasserai prendre de tes nouvelles, dit le général.

– Quand tu voudras, Cogneur.

Du museau, Démona désigna le crieur empaqueté qui se débattait tant et plus.

– Roulez-le jusqu'à la frontière, les enfants !

Ses fils se mirent en marche à la façon d'un bulldozer à fourrure. Rangés les uns derrière les autres, ils poussèrent l'« œuf » dans le dédale herbeux, jusqu'à la clôture où ils le propulsèrent à travers le trou. Puis, sans saluer personne, ils se fondirent dans la nuit.

Sur le trottoir de Victory Street, Cogneur contempla Immortel Monte-au-ciel.

– Par les écailles de la Sardine, qu'est-ce qu'on va faire de ce chalaud, maintenant ? À nous quatre, on n'arrivera jamais à le rouler jusqu'au palais !

Le crieur parvint enfin à cracher le trognon de pomme.

– Libérez-moi et je marcherai ! proposa-t-il. Je vous promets de ne pas m'échapper.

– Mais oui, bien sûr ! glapit Mam'zelle Lisa, le poil hérissé.

– Écoutez : je peux vous dire où est la Sardine sacrée. Je l'ai vendue à Griffu Chat-Puant dans la soirée.

– N'IMPORTE QUOI ! feula Bagarreur. Tu mens

comme tu miaules ! Elle est chez les Chanapans, la fille-chat t'a entendu la réclamer à Démona !

Le révérend le gratifia d'un rictus.

– Je l'avais juste confiée provisoirement à Démona, parce que mes cachettes habituelles n'étaient plus sûres. Mais je l'ai récupérée…

– Je ne comprends pas, miaula Jolie-Minette. Si Démona a accepté de te la rendre, pourquoi t'a-t-elle emprisonné, après ? Et pourquoi as-tu poussé ce cri atroce, juste avant tes noces ?

Immortel Monte-au-ciel parut contrarié et un tantinet gêné.

– Oh, cha… Enfin ! Si vous tenez à le savoir, j'ai hurlé parce qu'une chose abominable venait de se passer. En fait, le mariage avait été retardé par deux ou trois petits contretemps. Avant mon arrivée, Démona avait piqué une de ses fameuses crises… et donné la Sardine à un de ses neveux, qui l'avait GOBÉE. Quand elle me l'a annoncé, j'ai glapi sous le choc ! Rendez-vous compte : après tout le mal que je m'étais donné, le Grand Poisson était dans l'estomac d'un de ces sales chapardeurs – et je ne savais même pas lequel !

– Quoi ? s'exclama Cogneur abasourdi. La Sardine sacrée a été MANGÉE ?

Bagarreur, Mam'zelle Lisa et lui paraissaient changés en blocs d'horreur.

– Gobée, rectifia le crieur. Avalée d'un trait, heureusement, ce qui signifiait qu'elle était entière dans les boyaux de cette chapouille. J'ai donc fait ce que je devais faire : j'ai attiré les neveux de Démona au fond du tunnel, un par un, et je les ai éventrés l'un après l'autre.

Les quatre auditeurs étouffèrent un cri, stupéfaits par tant de froide cruauté. Le révérend sourit largement.

– Pas mal, hein ? De quoi faire changer d'avis les jeunes insolents qui me traitent de chamollo, parce qu'ils me croient trop gros pour faire un bon soldat… Il ne faut jamais se fier aux apparences, c'est une grave erreur. Bref. À mon vif soulagement, j'ai retrouvé la Sardine dans le ventre du numéro 5. Une chance, car Démona avait cinquante-neuf neveux au dernier comptage – et même un chasseur de ma trempe peut se fatiguer.

Il se rembrunit.

– J'ai tout de suite filé chez Griffu pour la lui vendre, et c'est après que les choses se sont gâtées. Je ne pouvais pas deviner que j'avais laissé traîner les cadavres à l'endroit où cette vieille carpette mitée cache ses réserves d'os de rats ! Quand elle les a découverts, elle a lancé ses fils à mes trousses et ils m'ont capturé. La suite, vous la connaissez.

Le cynisme de ce chat sans foi ni loi donna la nausée

à Tacha. Il tuait avec un détachement qui la révoltait.

– On ne peut pas le libérer ! dit-elle à Cogneur. Ses humains vont s'inquiéter, je le sais, mais on ne peut pas relâcher un criminel pareil !

– Tu es bien une humaine, observa Monte-au-ciel. Pour les chats, tuer est un acte naturel.

– Parle pour toi ! déclara le général, cinglant.

Le grand crieur ne parut pas impressionné.

– Que tu le veuilles ou non, Cogneur, je suis ton seul espoir de récupérer la Sardine, reprit-il. Je sais où les Chats-Puants l'ont cachée et je connais leur plan d'attaque. Si tu ne me détaches pas, je ne te dirai rien – et ce sera la FIN des Entrechats !

– Ne l'écoutez pas ! cria Tacha. Ce n'est qu'une ruse de plus !

Ses trois compagnons, silencieux, contemplèrent un long moment le traître ficelé comme un rôti.

– Il a raison, finit par soupirer Cogneur. Qu'il soit sincère ou non, nous ne pourrons jamais sauver notre peuple si nous ne reprenons pas la Sardine aux Chats-Puants avant qu'ils nous envahissent. Soldats, détachez-le !

Aussitôt, Mam'zelle Lisa et Bagarreur se mirent au travail, cisaillant de leurs crocs les épaisseurs de ruban vert qui transformaient le crieur en un gros coussin rembourré. Cogneur et Jolie-Minette faisaient le guet. Malgré l'heure tardive, il y avait de l'activité dans Victory Street : deux hommes chargeaient des caisses en plastique dans un grand camion rangé devant la boulangerie grecque. Pour l'instant, ils n'avaient pas vu les chats.

– C'est fait ! miaula Bagarreur en coupant le dernier lien.

– Retenez-le ! glapit Tacha.

Trop tard : à la seconde où il s'était senti libre, Monte-au-ciel avait sauté sur ses pattes et détalé comme une flèche en direction du camion.

– Vous ne me rattraperez pas pour votre sale procès ! feula-t-il par-dessus son épaule. C'est VOUS qui allez être jugés ! Et devant une cour de Chats-Puants ! Griffu a mis la Sardine en sûreté chez ses humains, où elle est gardée CLAIR ET NOIR ! Vous ne parviendrez jamais à la récupérer avant l'invasion prévue pour le noir de samedi, mes cocos, car je ne vous dirai pas OÙ elle est cachée ! HA HA HA HA HA !

Cette ordure de gros lard pouvait courir très vite quand il le voulait. Il sauta dans le camion quelques secondes avant que le chauffeur ferme les portes arrière. Puis le puissant moteur se mit à ronfler – et peu après le véhicule disparut bruyamment au coin de la rue.

– CHAROGNE POURRIE ! jura Bagarreur.

Mam'zelle Lisa lui donna un coup de coude.

– Veux-tu être poli ?

Le cerveau humain de Tacha avait eu le temps de

déchiffrer les noms écrits en grosses lettres sur le côté du camion : LONDRES – FELIXSTOWE – ROTTERDAM.

Ils ne reverraient plus le révérend. Le criminel qui avait jeté dans le chaos la nation féline tout entière était parti pour un très long voyage.

Chapitre 12

DRÔLE DE FIN

Les quatre membres du commando spécial étaient débarrassés d'un affreux faux frère, mais ils n'avaient pas le temps de fêter ça. La Sardine sacrée était entre les pattes de l'ennemi, et les Chats-Puants préparaient une invasion ! Jolie-Minette en frissonna d'angoisse. Qu'allait-il arriver à ses chers Entrechats si l'armée de Griffu gagnait cette guerre ridicule ?

Sur le bord du trottoir, Cogneur gardait les yeux rivés sur le morceau de bitume laissé vide par le camion. Puis il secoua la tête pour s'éclaircir les idées – si fort que ses vieilles oreilles claquèrent comme des castagnettes –, et se tourna vers ses troupes.

– Écoutez-moi bien, soldats. Monte-au-ciel est un menteur de première, mais à mon avis il a dit la vérité à propos de la Sardine, rien que pour nous faire bisquer. S'il doit y avoir une attaque dans sept noirs, nous devons nous tenir prêts.

– C'est facile ! glapit Mam'zelle Lisa. Puisque la Sardine est cachée chez les humains de Griffu, il n'y a qu'à opérer un raid sur-le-champ en plongeant à travers sa chatière !

– Impossible, contesta le général. Avec les gardes qu'il a postés à côté, on ne pourra même pas s'en approcher. Non. Avant samedi prochain, il faut s'introduire dans la maison par un autre moyen.

L'inquiétude de Tacha grandit. Elle ne voyait vraiment pas comment une bande de chats étrangers pourrait entrer chez les Baines autrement que par la porte de derrière.

– Nous tiendrons une autre réunion d'état-major après le clair de demain, pour établir notre plan de campagne, ajouta le vieux chat. Regagnez vos territoires, soldats, et répandez la nouvelle au sujet de Monte-au-ciel !

Tacha était très fatiguée. En bâillant, elle se traîna derrière Cogneur dans les rues désertes, petite silhouette couverte de cendres, mais son cerveau continuait malgré elle à chercher une solution pour récupérer la Sardine.

Tout le dimanche, elle en discuta avec Lucy (quand leurs parents ne pouvaient les entendre). Dans l'après-midi, alors qu'elles étaient à la piscine avec Mrs. Church qui faisait des longueurs dans le grand bassin, elles s'installèrent dans la pataugeoire afin de parler tranquillement.

– Je déteste paraître mauvaise langue, dit Tacha, mais il faut l'admettre : ces pauvres chats sont trop naïfs pour réussir l'opération tout seuls. Nous devons leur fournir un plan – et je n'en ai pas la première idée.

– C'est là que mon fameux esprit logique doit entrer en jeu, déclara Lucy, les sourcils froncés. Il devient indispensable de mettre un terme à cette guerre, c'est certain. Tu dis que Griffu prévoit l'invasion pour samedi prochain ?

– Oui, répondit sombrement Tacha. Et il n'aura même pas besoin de se battre, à mon avis : il arrivera avec la Sardine et se déclarera roi, tout simplement. C'est pour ça qu'il faut la lui prendre avant. Mais comment faire sans fouiller la maison d'Emily de fond en comble, comme des cambrioleurs ? Tu vois, c'est sans espoir…

– Attends ! objecta Lucy. Tu oublies un détail : vendredi, UN JOUR avant la date prévue, Emily doit fêter son anniversaire.

– Et alors ?

– Alors, ce sera l'occasion idéale pour récupérer la Sardine, avec le monde qu'il y aura !

– Mais elle ne nous invitera jamais ! répliqua Tacha. Tu as refusé d'entrer chez elle, hier soir. Et moi, n'en parlons pas !

Lucy eut un petit sourire mystérieux.

– Fais-moi confiance, dit-elle. On trouve toujours des solutions quand on veut.

Les jours qui suivirent, les parents de Tacha et la mère de Lucy furent très intrigués par l'attitude de leurs filles : elles n'allaient plus à l'école ensemble, ne s'adressaient plus la parole dans la rue et rentraient chacune chez elle après la classe. En plus – ce qu'ils ne pouvaient savoir –, Lucy ignorait froidement Tacha pendant les cours et les récréations. Elle rôdait autour d'Emily et de sa bande, et se joignait même aux méchantes plaisanteries de ces pestes quand elles se moquaient du gros derrière de Tacha.

Mais dès qu'il n'y avait plus aucun danger, alors tout redevenait comme avant ! Lucy escaladait prestement le mur qui séparait les deux jardins – et elles se remettaient à discuter à perdre haleine.

– Je ne comprendrai jamais rien aux filles de dix ans, bougonnait Mr. Williams. Vous êtes fêlées, ou quoi ?

Lucy n'était pas fière de sa conduite à l'école. Il lui

en coûtait beaucoup de se moquer de Tacha.

– Tu ne m'en veux pas, au moins ? demandait-elle chaque soir. Je ne pense pas un mot de ce que je dis, tu sais bien !

– Je sais, répondait Tacha.

Il n'en restait pas moins que cette comédie lui paraissait très pénible, à elle aussi. Elle lui rappelait cruellement l'époque où elle était solitaire, sans meilleure amie. Toutefois, elle était décidée à supporter l'épreuve avec courage. Pour rien au monde, Emily ne devait soupçonner qu'elles se parlaient encore ; leur plan entier reposait là-dessus.

Le jeudi après-midi, Lucy alla chez le disquaire et acheta le dernier CD de la *boy's band* préférée d'Emily. Elle l'empaqueta dans du papier cadeau rose et se rendit chez les Baines. Tacha attendait anxieusement dans son jardin. Dès que la tête de Lucy apparut au sommet du mur, elle sauta sur ses pieds.

– Alors ?

– Gagné ! annonça son amie rayonnante. C'est Mrs. Baines qui m'a ouvert. Quand elle a vu que j'apportais un cadeau d'anniversaire pour Emily, elle n'a pas pu faire autrement que de m'inviter à la fête. Parce que mes parents sont divorcés, sans doute. Tu vois, ça a quelques avantages !

Tacha en eut le souffle coupé.

– Tu es vraiment incroyable ! s'exclama-t-elle avec

admiration. Tu parais la plus rangée et la plus timide des filles, et en moins d'une semaine tu te débrouilles pour te faire inviter par ta pire ennemie ! C'est pas banal !

Lucy se mit à rire et rosit sous le compliment.

– Je te l'ai dit, je ferais n'importe quoi pour aider les chats. Si seulement les Entrechats et les Chats-Puants pouvaient faire la paix et devenir amis ! Pourquoi ce ne serait pas possible, après tout ?

– Pour les mêmes raisons que nous ne pourrons jamais être amies avec Emily, répondit fermement Tacha. Griffu Chat-Puant est horrible. Si nous échouons dans notre plan, il sera capable de tuer mon Cogneur.

Sa voix trembla. Elle ne pouvait supporter l'idée du vieux chat partant sans elle pour les Chats Élysées.

Lucy lui pressa gentiment la main.

– Je sais ce que tu ressens. Écoute : voici ce que les Entrechats devront faire…

Les Entrechats n'avaient jamais été dirigés de cette façon. Lucy avait vraiment pensé à tout.

– Quelle cervelle ! miaula le général. Dans un crâne humain, c'est du gaspillage !

Toute la nuit du jeudi et tout le vendredi, il ratissa les rues du quartier – allant trouver tous les alliés possibles pour lever une armée. Le vendredi après la classe, comme d'habitude, Tacha et Lucy prévinrent les parents que l'une allait chez l'autre, et vice versa. C'était risqué, mais elles ne pouvaient faire autrement.

À six heures, alors que le soleil commençait à baisser, Lucy se rendit chez Emily. N'importe quel passant un peu attentif aurait pu se rendre compte que le crépuscule grouillait de formes sombres et furtives. Un flot de chats, dont certains venaient d'aussi loin que les immeubles d'Hopton Street, se dirigeait silencieusement vers le jardin de derrière des Watson. Ils escaladaient des barrières, sautaient par-dessus des poubelles, piétinaient des plates-bandes et trottinaient dans les caniveaux.

Lucy les aperçut en traversant l'avenue Amiral-Tunnock. Tous ces chats qui convergeaient sans bruit vers le même endroit, c'était un spectacle étrange et impressionnant. Soudain, un miaulement retentit à ses pieds. Elle baissa les yeux et découvrit une mignonne petite chatte tigrée, dont le pelage roux resplendissait dans un dernier rayon de soleil.

– Bonne chance, Jolie-Minette ! chuchota-t-elle. Sois prudente !

Tacha se frotta brièvement contre ses chevilles, puis courut rejoindre ses compagnons poilus. Le jardin de derrière des Watson avait été choisi comme point de rassemblement pour deux raisons : parce que c'était le territoire du roi agonisant, et parce que Mr. et

Mrs. Watson, contrairement à leurs voisins, étaient trop vieux pour sortir faire un barbecue en cette belle soirée de début d'été.

La première mission de Jolie-Minette fut de s'accroupir sur le bord de la fenêtre de la cuisine, afin de surveiller la pendule. Elle était le seul chat au monde à pouvoir lire l'heure, et le succès de toute l'opération en dépendait.

– Qu'est-ce qu'elle a à fixer cette chose ronde accrochée au mur ? demanda Mam'zelle Lisa, perplexe.

Personne n'eut le temps de lui répondre.

– En route ! miaula Tacha en sautant à terre. On a cinq minutes pour rentrer chez Griffu !

Ça ne voulait rien dire pour des chats, évidemment, mais tous comprirent le commandement lancé par le général :

– AAAC-TION !!!

Si un humain avait assisté à la scène, il aurait été stupéfait par la rapidité avec laquelle cette horde à fourrure se mit en rang, prête à détaler.

– Voici les ordres, reprit Cogneur. Dès que l'amie de la fille-chat ouvrira la porte, FONCEZ ! Bonne chance à tous. Maintenant, faites taire vos grelots et EN AVANT !

– ATTENDEZ ! cria soudain une voix essoufflée.

La chatière des Watson battait comme si quelqu'un

cherchait en vain à sortir. On entendait des plaintes laborieuses et des ahanements poussifs.

– Par les écailles de la Divinité ! s'exclama le prince Dandy. C'est PAPA !

Cogneur se précipita vers la chatière pour aider le vieux roi (car c'était bien lui) à la franchir. Figés de stupeur, les chats virent apparaître la tête de leur souverain, puis son gros corps lourd. Entrechat IX toussota, saisi par le grand air. Il vacillait sur ses pattes et ses moustaches pendaient, mais une lueur décidée brillait dans ses prunelles.

– La place d'un roi est à la tête de son armée ! déclara-t-il. Je suis sorti de mon panier pour CONDUIRE L'INVASION !

– Mais vous êtes trop faible, Votre Majesté ! protesta Cogneur. Vous devez rester couché !

– Mon vieil ami Duracuire, un chat royal doit savoir faire son devoir, miaula le souverain d'une voix sifflante. Souvenez-vous, mes sujets : LA GLOIRE OU LA MORT ! Pas de REDDITION !

Il y eut un moment de silence, puis Bagarreur glapit :

– NEUF RONRONS D'HONNEUR POUR LE ROI !

Entrechat IX sourit de bonheur en prenant la tête de ses troupes qui ronronnaient à plein volume. Jolie-Minette lui emboîta le pas, très fière de suivre un souverain aussi digne. Il ne pourrait sûrement pas faire grand-chose, mais sa courageuse apparition avait visiblement gonflé les chats d'une ardeur formidable.

– En avant... MARCHE ! tonna Cogneur.

Et une longue colonne de chats multicolores, tous rangés derrière leur roi, se dirigea vers la maison d'Emily, territoire de Griffu Chat-Puant.

Une énorme grappe de ballons roses était accrochée à la poignée de la porte d'entrée. On entendait jusque dans le jardin une musique sonore, très rythmée, et des bruits de voix surexcitées. Le pouls battant à toute allure, Tacha prit sa place parmi les chats alignés dans l'allée. Lucy avait parfaitement suivi le planning : elle ouvrit la porte pile au moment voulu. Le vieux roi leva la patte droite, griffes sorties.

– CHARGEZ ! piailla-t-il.

Un véritable raz-de-marée fourré passa devant Lucy et prit d'assaut la maison des Baines. Mam'zelle Lisa entraîna son bataillon au premier étage, Bagarreur conduisit un commando de gros durs dans la cuisine et le reste des troupes s'éparpilla dans la salle de séjour, où une grande table avait été dressée pour le buffet. Au milieu des plats trônait un gâteau rose géant, coiffé de onze bougies roses et pailletées. Sur le dessus en pâte d'amande, les mots « Joyeux anniversaire Emily » étaient écrits avec de minuscules marshmallows blancs.

Tout le monde hurla : Emily et ses invitées (les cinq

membres permanents de sa bande, sans compter Lucy) ; Mrs. Baines, que la horde d'envahisseurs avait failli renverser et qui sema des chips partout sur la moquette (Entrechat IX s'empressa de les croquer) ; Mr. Baines, qui brailla :

– Que se passe-t-il ? Par tous les diables ! D'où sort cette invasion de chats ?

Il se pencha pour en attraper un et poussa un cri de douleur : il avait commis l'erreur de poser la main sur la princesse Bing, qui lui mordit cruellement le pouce et lui échappa en se tortillant. Le père d'Emily, ivre de rage, tempêta de plus belle en suçant son doigt blessé.

– FAIS QUELQUE CHOSE ! cria sa femme. Appelle la police !

Pendant ce temps, les chats furetaient dans tous les coins, passant au crible chaque centimètre carré de la pièce. Quand Mrs. Baines essaya de les chasser de ses beaux meubles cirés, ils crachèrent et feulèrent.

– Ces monstres vont nous TUER ! glapit Emily.

Tacha savait que le temps leur était compté. Conformément au plan, Lucy l'avait prise dans ses bras pour lui permettre de mener son enquête sans trop de risques, et elles firent ensemble le tour de la maison. Elle renifla le panier de Griffu, son bol, et le coussin qu'il avait installé sous l'escalier. En vain : elle ne décela pas la moindre odeur de sardine. Alors qu'elles montaient au premier, Lucy s'arrêta soudain sur le palier intermédiaire et s'écria :

– Oh, non !

Inquiète, Jolie-Minette regarda par la fenêtre et aperçut une autre bande de chats qui traversait en courant le jardin de derrière des Baines. Elle poussa un piaulement perçant. Les sentinelles de Griffu, postées devant la chatière, avaient donné l'alarme : le commandant Chairapaté arrivait à la rescousse, à la tête d'une féroce armée de Chats-Puants. Un par un, aussi rapidement que des perles tombant d'un collier rompu, ils déboulèrent dans la cuisine et se jetèrent dans la bagarre.

Aussitôt, ce fut le CHAOS. Partout, sur toutes les chaises, toutes les tables, tous les meubles, toutes les marches, tous les lits, des chats sifflaient, crachaient, jouaient des griffes et des crocs. Au salon, où les coussins du canapé avaient été éventrés, des plumes blanches virevoltaient comme s'il y avait une tempête de neige.

– Appelle la S.P.A. ! cria Mrs. Baines à son mari. Appelle le zoo !

Emily et deux de ses copines, blotties les unes contre les autres, tremblaient de tous leurs membres au milieu des chats en furie qui les entouraient. Les trois autres filles réussirent à atteindre la porte ouverte et décampèrent.

– Je vais appeler le service de désinfection de la mairie ! hurla Mr. Baines.

Acculé dans un coin par des matous qui se battaient comme des diables, il essayait de les repousser avec un balai.

– Ces chats sont pires que des rats ! brailla-t-il. Ce sont de vrais NUISIBLES !

Bagarreur et Chairapaté avaient bondi sur la table du buffet. Ils s'empoignaient sans pitié, chacun enfonçant ses crocs dans le cou de l'autre. Soudain, avec un « VLOUF » sonore, le jeune soldat atterrit dans un plat de gelée à la menthe recouverte de crème fouettée. Quand il en sortit, des paquets verts tout gluants étaient accrochés à ses poils. L'un d'eux tomba à côté du roi, qui se mit à le lécher. Puis Chairapaté renversa une coupe de biscuits au chocolat. Entrechat IX rota… et, curieux, goûta cette autre nouveauté.

C'est alors que Mam'zelle Lisa dévala l'escalier, une Pantéra déchaînée sur les talons.

– Continue les recherches, fille-chat ! lança-t-elle, hors d'haleine.

Elle sauta sur le piano. Pantéra la suivit et elles se battirent sur le clavier ouvert, ajoutant une musique discordante au tintamarre ambiant.

– Aïe ! cria Lucy.

Un Chat-Puant venait de planter ses griffes dans sa cheville. Elle laissa tomber Tacha au beau milieu de la bagarre. Jolie-Minette poussa un miaulement terrifié, mais se démena bravement pour repousser les assaillants qui se jetaient sur elle et réussit à reculer dans le vestibule.

Mr. Baines, toujours armé de son balai, s'égosillait dans le téléphone :

– Oui, j'ai bien dit des CHATS ! Non, vous n'avez pas mal compris ! Il y en a des CENTAINES !

– Ôtez vos sales pattes de mon humaine ! tonna soudain une voix furieuse.

Tacha en aurait pleuré de soulagement, si elle l'avait pu. Cogneur arrivait à son secours. Un paquet de gelée verte tremblotait entre ses oreilles, mais ce chapeau peu ordinaire, loin de le rendre ridicule, ajoutait à son autorité. Fidèle à son nom, il cogna dans le tas des Chats-Puants qui s'acharnaient sur la petite chatte rousse. Deux d'entre eux s'échappèrent et grimpèrent aux rideaux.

– Mes rideaux neufs ! glapit Mrs. Baines. Pour l'amour du ciel, faites-les descendre !

– Jolie-Minette ! miaula le général. Es-tu blessée ?

– Non, ça va, répondit Tacha, mais je n'ai pas trouvé la Sardine…

À cet instant, une petite voix piteuse émergea du vacarme :

– Papa !

Cogneur se raidit.

– C'est Filou ! miaula Jolie-Minette.

– Papa, tu ne me reconnais pas ?

Le chat du dentiste s'était aplati sous le canapé. On ne voyait que la pointe de son museau et le bout de ses pattes. Son père fronça les sourcils, l'air mauvais.

– Je ne connais pas de Chat-Puant ! gronda-t-il.

– Je n'en suis plus un, se défendit Filou. Je les déteste, et je regrette d'avoir écouté Griffu. Peu m'importe ce qu'ils me feront, je vais te livrer la Sardine !

– Oh, Filou, c'est magnifique ! couina Jolie-Minette. Tu dois lui pardonner, Cogneur. Tout de suite.

– Je ne suis pas sûr de pouvoir lui faire confiance, déclara le général d'une voix sévère – mais il était clair que son vieux cœur de père était bouleversé par le repentir de son fils.

– Je t'en prie, papa, reprends-moi ! implora Filou. Tout ce que je veux, c'est que Griffu perde cette horrible guerre et que les choses redeviennent comme avant !

– Sais-tu vraiment où se trouve la Sardine ? demanda Cogneur d'un ton rogue.

– Suis-moi.

Filou se faufila hors de son abri et détala dans le vestibule. Cogneur et Jolie-Minette s'élancèrent derrière lui. Il les entraîna dans l'escalier – où Lucy, assise sur une marche, tamponnait sa cheville griffée. Dès qu'elle vit les deux autres chats, elle bondit sur ses pieds et les suivit à son tour.

– C'est tout en haut ! expliqua Filou, essoufflé, par-dessus son épaule. Griffu l'a cachée là quand les Chanapans la lui ont vendue.

– Elle doit être gardée ! grommela le général soupçonneux. Si c'est un PIÈGE…

– Non, papa, je te jure ! affirma son fils. Les sentinelles sont en train de se battre dans l'endroit où les humains font leur toilette.

De fait, lorsqu'ils passèrent devant la salle de bains, ils purent entendre les échos d'une terrible bagarre. Filou les introduisit prestement dans une chambre rose bonbon. En dépit de l'urgence, Tacha ne put s'empêcher de regarder autour d'elle avec curiosité. Le domaine d'Emily regorgeait d'objets luxueux. Il y avait des étagères pleines de cassettes vidéo et de CD, des posters de poneys, des meubles roses, un téléphone rose, et même un lavabo rose. Filou sauta sur la coiffeuse juponnée de tulle (rose) et encombrée de flacons et de coffrets. Il posa la patte sur une boîte blanche.

– Elle est là-dedans ! souffla-t-il. Aidez-moi à ouvrir ce truc !

Comme il cherchait maladroitement à soulever le couvercle, Lucy prit la boîte et l'ouvrit. Une danseuse en plastique jaillit, accompagnée d'une petite musique aigrelette. Le coffret contenait un tas de bagues, de colliers, de flacons de vernis à ongles rose et mauve. Et, au milieu de ce fatras, il y avait… un étrange objet.

Cogneur émit un couinement étranglé. L'objet en question, brun, plat et allongé, ressemblait à un poisson séché enroulé dans de vieux bandages durcis. Tacha se souvint d'avoir vu la même chose dans la galerie égyptienne d'un musée où son père l'avait emmenée, à Oxford. C'était un poisson momifié, posé près d'une momie de chat dans une vitrine. De toute évidence, il s'agissait de la Sardine sacrée. Elle aurait bien voulu savoir comment les Entrechats avaient pu entrer en possession d'une antiquité pareille, mais ce n'était pas le moment.

– Filou, mon fils bien-aimé ! miaula Cogneur. Je n'aurais jamais dû douter de toi. Si nous sortons d'ici vivants, je te nommerai officier !

– Mince, alors ! s'exclama Lucy au-dessus d'eux. C'est bien une sardine !

Avec précaution, elle se saisit du poisson.

– Ne craignez rien, dit Jolie-Minette. Pour l'instant, il vaut mieux qu'elle soit entre les mains d'un humain.

– Oh, j'ai toute confiance dans l'humaine de Gourmandine, assura Cogneur. Partons vite, maintenant !

Ils se précipitèrent sur le palier. Les gardes qui

émergeaient de la salle de bains voulurent se jeter sur eux, mais lorsqu'ils aperçurent le poisson sacré dans la main de Lucy, ils reculèrent avec des feulements horrifiés.

– Ils l'ont trouvée ! s'écrièrent-ils. Les Entrechats ont repris la Sardine !

– PAS POUR LONGTEMPS ! grinça une voix perçante.

Alors que la petite troupe dévalait l'escalier, une boule de poils noirs fondit soudain sur Lucy tel un missile à fourrure. Elle poussa un cri : Griffu lui avait arraché la momie !

Cogneur, Filou, Jolie-Minette et leurs compagnons glapirent de désespoir. La victoire avait été de courte durée !

– Ha ha ha ha ha ! s'esclaffa Pantéra.

– Beurk ! s'écria Mr. Baines d'un air dégoûté. Qu'est-ce que tu as dans la gueule, Beignet ?

Il attrapa son chat et tira sur la sardine que Griffu serrait entre ses crocs. Elle tomba en poussière dans sa paume.

– Pouah, quelle horreur ! s'exclama-t-il. Ce vieux machin pourri doit fourmiller de microbes !

Il ouvrit la porte des toilettes, jeta la sardine dans la cuvette et tira la chasse. Le résultat de ce geste fut stupéfiant : en un clin d'œil, TOUS LES CHATS présents dans la maison se figèrent, muets.

– Qu'est-ce qui se passe ? marmonna le père d'Emily, abasourdi.

– Que signifie ce silence ? chuchota sa femme d'un air inquiet. Qu'est-ce que tu as fait ?

– Voilà qui change tout, miaula leur chat. La Sardine a disparu. Qui a gagné ?

La gelée verte qui coiffait Cogneur glissa le long de sa face tragique.

– Disparu ! couina-t-il.

– À présent, déclara Bagarreur, vous ne pouvez plus nous envahir, Chats-Puants !

– Non. Et vous, les Entrechats, vous ne pouvez plus nous attaquer non plus, renchérit le commandant Chairapaté. Tout cela est très déstabilisant.

– La bataille de la Sardine est peut-être achevée, mais pas la guerre, précisa Griffu. Nous devons nous entretenir de la question de nos frontières et voir si elles servent encore à quelque chose, désormais. Je requiers une entrevue avec votre ROI.

– Je crains que ce ne soit plus possible, miaula Mam'zelle Lisa d'une voix qui tremblait de chagrin. À moins d'aller le rejoindre là où il est.

Tous les chats se tournèrent vers le point qu'elle fixait. Entrechat IX, enfin, était parti pour les Chats Élysées. Il gisait au beau milieu du gâteau d'anniversaire effondré, un immense sourire sur sa face poilue couverte de miettes.

Chapitre 13

LES AMOUREUX CONTRARIÉS

Les humains étaient en état de choc, ce que Tacha pouvait comprendre. La maison des Baines était entièrement saccagée. Les plumes des coussins volaient partout, de longues griffures lacéraient les meubles, les rideaux étaient déchirés, les tapis imprégnés d'aliments en tout genre. Emily, sa mère et les deux filles qui restaient s'accrochaient les unes aux autres, secouées de frissons. Malgré le chagrin que lui causait la mort d'Entrechat IX, Tacha éprouvait un brin de pitié pour son ennemie. Personne, pas même une peste finie, ne méritait un anniversaire pareil.

Mr. Baines posa son balai. Sa figure, généralement rouge, était livide. Il avait les cheveux ébouriffés et son pull était un buffet à lui tout seul. Les yeux exorbités par une stupeur sans fond, il regarda les Chats-Puants qui sortaient de chez lui en silence. Il n'y eut bientôt plus que Griffu. Juché sur le téléviseur, il lorgnait les Entrechats attroupés autour du cadavre de leur souverain.

– Par les Écailles divines ! murmura le prince Dandy. Je suis roi ! Je suis le roi Entrechat X ! Mon père a fini par regagner les Chats Élysées !

– Une terrible perte, déclara Cogneur. Mais que Sa Majesté se console : il est mort comme il a vécu.

– En se goinfrant, dit le nouveau roi.

– Non, sire ! En conduisant ses sujets à la bataille ! rectifia le général d'un ton sec.

– Certes, ironisa Entrechat X. Dommage que nous n'ayons pas gagné.

– Tais-toi, Dandy ! coupa la nouvelle reine Bing. Nous n'avons peut-être pas gagné, mais nous n'avons pas perdu non plus.

Elle se redressa fièrement.

– Griffu Chat-Puant, nous nous rencontrerons après deux clairs dans les Marais-Noirs, pour débattre de cette nouvelle situation.

– Entendu, dit Griffu.

Il semblait ne plus très bien savoir où il en était, remarqua Tacha. En plus, quelque chose avait changé dans la pièce : l'air n'empestait plus du tout la méchanceté des Chats-Puants, constata-t-elle avec étonnement. Au même moment, elle entendit Griffu marmonner dans ses moustaches :

– Pourquoi je ne les sens plus ?

– Trevor ! gémit Mrs. Baines. Ce chat est MORT ! Il y a un cadavre de chat sur ma plus belle table ! Emporte-le !

Son mari fit irruption dans le cercle des Entrechats et saisit la médaille du vieux roi.

– C'est ce goinfre que j'ai surpris en train de fouiller notre poubelle pour voler de la pizza, dit-il. Il appartient aux Watson – et je me ferai un plaisir de le leur rendre.

Le défunt roi fut ramené dans son territoire sur une pelle. Sa queue pendait dans le vide, majestueuse même dans la mort. Mr. Baines grognait sous l'effort tant il était lourd. Et il se demandait bien pourquoi les autres chats le suivaient ainsi, l'air aussi solennel que s'ils formaient une procession funèbre.

– Je dois devenir fou, l'entendit murmurer Tacha.

La pelle funéraire avait à peine quitté la maison des Baines que la police arriva. Jolie-Minette resta un peu en arrière, curieuse de savoir ce que Mrs. Baines allait dire.

– … au moins DEUX CENTS CHATS ! parvint-elle à distinguer. Ils nous ont attaqués, ont griffé ma fille, et regardez ma maison ! Elle est dévastée ! Je veux que vous releviez les noms de leurs propriétaires et que vous les mettiez tous en prison !

– De quels chats parlez-vous, Mrs. Baines ?

– Ils sont partis ! Brusquement, ils se sont calmés et sont ressortis. Oh, pourquoi n'êtes-vous pas venus plus tôt !

Lucy jugea ce moment propice pour prendre congé. Elle se glissa entre Mrs. Baines et les deux policiers.

– Merci de m'avoir reçue, murmura-t-elle.

Cette phrase lui sembla ridicule, vu les circonstances, mais elle n'avait rien trouvé d'autre. Sa cheville la faisait souffrir, ses collants déchirés étaient collés par le sang séché. Quand elle vit que Jolie-Minette avait quitté la procession et l'attendait devant chez elle, elle se hâta pour la prendre dans ses bras.

– Je sais pourquoi tu n'es pas restée avec Cogneur, dit-elle. Tu ne pouvais pas supporter de voir le chagrin des pauvres Mr. et Mrs. Watson, hein ? Moi non plus. Rentrons chez toi.

Comme elle l'avait déjà fait, elle cacha Jolie-Minette sous son sweat-shirt et dit à Mr. Williams que Tacha l'attendait en haut. Mais, cette fois, la très observatrice Mrs. Williams se tenait près de son mari.

– Lucy ! s'exclama-t-elle. Qu'as-tu fait à ta jambe ? Tu saignes ! Attends. Je vais chercher les pansements.

– Merci, ce n'est pas la peine, répondit Lucy en se ruant dans l'escalier.

Dès que la porte de la chambre fut refermée, Jolie-Minette se jeta sur la pierre magique. Son corps de fille, constata-t-elle peu après, était labouré de stries rouges et elle avait un morceau de gâteau au chocolat collé dans le dos. Elle attrapa sa robe de chambre, l'enfila en toute hâte – et accrocha au passage la briquette d'albâtre, qui tomba sur le sol avec un « crac » sinistre.

Les deux amies se dévisagèrent, horrifiées. Il y eut un long, terrible silence.

– Je l'ai cassée ! gémit enfin Tacha. Oh, non ! Comment ai-je pu être aussi maladroite ? Elle ne va plus marcher, maintenant, et pourtant IL FAUT que je redevienne une chatte !

Elle fondit en larmes.

– Tu ne sais pas si elle est inutilisable, objecta Lucy en s'agenouillant pour la ramasser. La cassure est nette. Avec un peu de chance…

Elle s'interrompit brusquement.

– Tacha ! s'écria-t-elle, surexcitée. Regarde ça ! Elle est creuse, et il y a quelque chose à l'intérieur !

Son amie s'accroupit près d'elle, prit la pierre et ouvrit des yeux ronds. Le morceau blanc contenait en effet un objet mystérieux, qui maintenait les deux parties ensemble. Elle retint son souffle. Qu'est-ce que ça pouvait bien être ? Un trésor, sous la forme d'un bijou ou d'une pièce d'or, ou une vilaine chose dangereuse ? Elle se souvint vaguement que les Égyptiens de l'Antiquité, d'après son père, truffaient leurs reliques de virus mortels, afin de punir les voleurs qui les profaneraient.

Les doigts tremblants, elle tira… et fixa d'un air ahuri l'objet qui venait d'apparaître.

– C'est incroyable ! souffla Lucy. Qu'est-ce que c'est que cette histoire ?

Elles avaient sous les yeux la Sardine sacrée, mystérieusement ressuscitée.

– On devient folles, ou quoi ? s'exclama Tacha. Elle est partie en poussière dans les toilettes des Baines, tu l'as vu comme moi ! Et il ne peut pas y en avoir deux, c'est impossible !

Lucy poussa un cri de joie :

– Mais si ! Tacha, tu es géniale et tu ne t'en doutes même pas !

– Hein ? fit sa camarade ébahie.

– Ton fameux professeur a bien écrit qu'il y avait DEUX CLÉS DU TEMPLE, non ?

– Oui, et alors ?

Au bout de quelques secondes, Tacha comprit enfin.

– Tu veux dire… que l'autre sardine était la deuxième clé ?

– Ça semble évident ! confirma Lucy. Regarde : elles sont identiques.

Prudemment, elle se saisit du poisson momifié.

– Ce qui reste à éclaircir, c'est comment des chats domestiques ont pu mettre la patte sur un vestige de l'Égypte ancienne… Est-ce qu'un de leurs maîtres l'aurait rapporté de là-bas comme souvenir de voyage ?

– À moins qu'ils ne l'aient piqué dans un musée, suggéra Tacha.

– Attends ! Tu m'as dit toi-même que les Entrechats vénéraient cette Sardine depuis des temps immémoriaux, répliqua Lucy. Tu crois qu'il y avait des musées, à l'époque ?

Elle remit la momie en place dans la cavité, joignit les deux morceaux d'albâtre et alla prendre un rouleau d'adhésif sur le bureau de Tacha. Une minute plus tard, la pierre était raccommodée.

Tacha posa les doigts dessus – et sentit immédiatement les picotements magiques. Elle retira sa main, ravie.

– Elle marche ! s'écria-t-elle. Oh, que je suis contente ! Je brûle de montrer notre trouvaille à Cogneur !

– Je me demande si c'est la peine, observa sagement

Lucy. Les chats ont vu la première Sardine détruite. Ce n'est peut-être pas utile de leur en redonner une autre, maintenant qu'ils sont décidés à faire la paix.

– Oui, tu as raison, reconnut Tacha. Mais qu'est-ce que je vais faire de celle-là ?

– Nous verrons bien, répondit Lucy. En attendant, la prudence est de rigueur.

Dans la nuit, Jolie-Minette assista au magnifique charivari d'adieu organisé par les Entrechats pour leur roi défunt, dans le jardin de derrière des Watson. Puis on procéda aux griffures du couronnement destinées à introniser les nouveaux souverains. Le grand crieur qui avait remplacé Immortel Monte-au-ciel, un certain Dr. Miaulinet, était un charmant matou écaille de tortue originaire de la Terrible Soufflerie, et tout se passa à merveille.

– Tu sais, on se faisait des illusions, annonça Tacha à Lucy sur le chemin de l'école, le lendemain matin. Le fait que la première Sardine ait disparu dans les égouts n'a pas changé grand-chose : les Entrechats sont toujours remontés à bloc contre les Chats-Puants.

– Pourquoi ? s'enquit Lucy.

– À cause de Patatras et de Chaparda. Cette question-là n'a pas été réglée, et ils ne veulent pas céder d'un pouce.

– Qu'ils sont bêtes ! déclara Lucy avec un petit sourire indulgent.

La nuit suivante, Cogneur réveilla Tacha pour l'emmener à l'entrevue des Marais-Noirs – le nom donné par les chats au toit d'un garage (recouvert de bitume et plein de flaques d'eau) situé derrière le bar. Épuisée par ses nombreuses veilles, Jolie-Minette chavirait de sommeil quand elle suivit le général le long de l'avenue. Si des humains avaient pu voir ça, pensa-t-elle, ils n'en seraient pas revenus : tous les chats du quartier, sans exception, couraient vers le point de rencontre.

Pour la première fois de leur histoire, les Entrechats et les Chats-Puants se retrouvaient « pacifiquement », pour une trêve. Lorsqu'ils se firent face sur le toit du garage, répartis en deux groupes, ils constatèrent non sans étonnement qu'ils n'étaient pas si différents, en fin de compte. Quand leurs frimousses poilues n'étaient pas déformées par la haine, les Chats-Puants pouvaient presque passer pour des Entrechats. Leur odeur elle-même ressemblait à celle de leurs ennemis – ce qui, au début, causa quelque confusion dans les rangs. Enfin, tout le monde réussit à s'installer. Jolie-Minette se percha sur le dos de Cogneur (aussi chaud et moelleux qu'un coussin, en un peu plus glissant), afin de dominer la forêt d'oreilles pointues.

Le nouveau couple royal siégeait face à Griffu et Pantéra.

– Plus personne n'a la Sardine sacrée, commença le chef des Chats-Puants. Nous ne pouvons plus utiliser ses pouvoirs. Aussi, je suggère que nous arrêtions la guerre et gardions nos frontières telles qu'elles sont.

Immédiatement, les bonnes dispositions des deux camps s'évanouirent. Des miaulements haineux retentirent.

– Quel toupet ! fulmina la reine Bing. Et les territoires que vous nous avez VOLÉS pendant les hostilités ? Vous devez nous les rendre !

– Pas question, tant que vous ne me rendrez pas ma fille ! glapit Pantéra.

– Qu'est-ce que tu racontes ? feula la reine. Cette CHALIPETTE m'a CHIPÉ mon fils ! Rendez-le moi !

– Ma Chaparda n'est PAS une chalipette ! riposta Pantéra. Mais ton Patatras, lui, n'est qu'un chamollo et un chaplapla !

– NON !

– SI !

Sous sa fourrure rousse, Tacha était très inquiète. Autour d'elle, les Entrechats et les Chats-Puants s'insultaient copieusement et en venaient aux griffes. Cogneur grondait sourdement. Cette guerre ne finirait jamais.

– Mesdames, mesdames ! intervint soudain une

voix étrange, qui troubla les adversaires au point qu'ils se calmèrent aussitôt. Il faut arrêter cette querelle !

Dans le lourd silence qui était tombé, une silhouette noire s'avança entre les deux parties.

– Toutank ! miaula Jolie-Minette stupéfaite. Qu'est-ce que tu fais ici ?

– Tu connais cet intrus, fille-chat ? questionna la reine Bing. Je ne l'ai jamais vu sur notre territoire ni sur celui de nos ennemis. Et pourtant, il n'a pas l'air d'un clochat.

– Ce n'en est pas un, Votre Majesté, répondit Tacha. Il vit chez les Chanapans, mais il n'est pas l'un des leurs.

Des miaulements inquiets parcoururent les rangs. Les chats domestiques des deux bords redoutaient les chats sauvages, qui les traitaient avec mépris de « Plumeaux-à-grelots ».

– Ainsi, vous êtes les nouveaux souverains des Entrechats ; et vous, vous devez être les chefs des Chats-Puants, reprit Toutank en dévisageant tour à tour les deux couples ennemis. J'ai des nouvelles à vous donner.

De sa patte arrière, il détacha habilement un sachet en plastique glissé dans son collier. Il le déposa entre Bing et Pantéra, puis le déchira de ses crocs. Les deux chattes glapirent : il contenait deux petits colliers, l'un vert, l'autre rouge.

– Le collier de Chaparda ! miaula Pantéra.

– Celui de Patatras ! couina Bing. Où l'as-tu trouvé ? Sais-tu où est mon fils ?

– Je suis affreusement navré, déclara Toutank d'un ton lugubre. Pour vous, Votre Majesté, et pour vous, madame Pantéra. Ces deux jeunes chats sont venus se réfugier chez moi, dans le camp des Chanapans, parce qu'ils ne savaient où aller. Leur famille les avait rejetés. Pourtant, leur seul crime était de s'aimer.

Ses prunelles vert-jaune parcoururent la foule silencieuse des chats, qui le fixaient d'un air effrayé.

– Aussi, ces deux tourtereaux ont décidé de quitter ce monde hostile, poursuivit-il sombrement. À leurs yeux, les Chats Élysées étaient le seul endroit où ils pourraient être ensemble pour L'ÉTERNITÉ.

– Ils sont MORTS ? miaulèrent d'une seule voix Bing et Pantéra.

Leurs glapissements déchirants transpercèrent le cœur de tous les chats présents.

– Morts ? répéta en tremblant Griffu qui n'était plus que l'ombre de lui-même. Ma petite Chaparda, ma jonquille !

– Mon Patatras ! piaula la reine Bing. Mon petit chaton tout doux ! Il était le premier de sa portée à être sorti de mon panier !

Tout le monde piaillait et glapissait, à présent, y compris Jolie-Minette qui avait toujours eu un tendre penchant pour les amoureux incompris.

– Ces deux gentils minets auraient dû pouvoir se fréquenter et se marier en paix, continua Toutank. Ce qu'ils demandaient était bien peu de chose dans ce monde cruel. Mais ils ont été contraints de vivre comme de pauvres errants. J'ai fait ce que j'ai pu pour les aider. Jusqu'à hier, où ils se sont laissés écraser par un tas de déchets branlants. Regardez bien ces deux colliers et PLEUREZ, Plumeaux ! Chaparda et Patatras ont été les victimes innocentes d'une guerre fratricide ! Si les Entrechats et les Chats-Puants avaient su reconnaître leurs ressemblances au lieu de s'entre-déchirer, ces petits seraient encore parmi vous, aujourd'hui !

C'était une terrible leçon. Les chats étaient éperdus de chagrin. Les deux petits colliers paraissaient si pathétiques sur le goudron du toit ! pensa Tacha avec tristesse.

– Ma Chaparda illuminait notre territoire, se lamenta Griffu. Si cela pouvait la ramener, j'accepterais sur-le-champ les conditions des Entrechats.

– Et Patatras pourrait bien épouser qui il veut, couina la reine Bing, si seulement je pouvais le lécher une dernière fois !

Toutank gardait une mine calme et sévère.

– Le meilleur hommage que vous puissiez rendre à ces enfants est la PAIX, déclara-t-il.

– Oui ! glapit Pantéra. Faisons la paix ! Je ne pourrai plus jamais me battre, de toute façon.

– Pauvre minette, marmonna Cogneur apitoyé. Il est vraiment terrible de perdre un chaton.

Dans la nuit silencieuse, une magnifique voix féline entonna un chant funèbre. D'autres voix s'y joignirent, et bientôt un chœur de miaulements vibrants monta vers le ciel. Avec un frisson, Jolie-Minette reconnut la mystérieuse musique des Chanapans.

– Nos frères sauvages ramènent les deux corps, indiqua Toutank.

– Nous allons procéder aux griffures de paix, annonça Griffu d'une voix cassée. Cet étranger a raison : nous avons sur les pattes le sang de nos enfants.

Le chœur des Chanapans se rapprochait. Jolie-Minette se trouvait assez près du bord pour les apercevoir dans l'allée, en bas. Elle retint son souffle. Aucun humain n'aurait pu croire à ce qu'elle voyait : une procession de chats sauvages, tous absorbés par leur chant mélancolique, se dirigeaient lentement vers les Marais-Noirs. Ils poussaient devant eux un grand carton à moitié pourri, juché sur les roues d'un vieux landau. Les Plumeaux les contemplaient dans un grand silence.

Soudain, Toutank sourit.

– Maintenant que la paix règne entre vous, proclama-t-il, place à la JOIE !

Il agita une patte en direction des Chanapans. Aussitôt, le couvercle du carton s'ouvrit et la tête de Patatras apparut.

– Bon-noir, père ! Bon-noir, mère ! cria-t-il, radieux.

– Mon FILS ! glapit la reine. Dois-je en croire mes yeux, ou s'agit-il d'un CHANTÔME ?

Une charmante frimousse marron et noir surgit près de celle du jeune prince.

– Acceptes-tu de nous pardonner, papa ? miaula-t-elle. Veux-tu prendre Patatras pour beau-fils ?

– Bien sûr qu'il accepte ! s'écria Pantéra en exécutant une cabriole de bonheur.

À toute allure, les quatre parents descendirent du toit pour rejoindre l'allée. Il y eut des coups de langue et de tête en pagaille (l'équivalent des baisers et des étreintes, pour les chats). Puis la reine Bing lécha gracieusement la joue de Chaparda, et les Marais-Noirs tout entiers explosèrent d'un énorme ronron d'honneur. Les deux familles ennemies étaient officiellement unies.

Alors, Chaparda fit signe à Bing et à Pantéra de la suivre jusqu'au carton. Quand elle écarta les pans du couvercle, les Plumeaux s'exclamèrent à l'unisson :

– OOOOOOHHHHH !

Quatre chatons minuscules étaient couchés en rond sur un paquet de laine à matelas : trois marron et blanc, le quatrième tout noir. Leurs yeux étaient encore fermés, et ils réclamaient à téter en piaillant comme des oisillons. Les deux grands-mères, oubliant complètement qu'elles avaient été ennemies, les couvrirent de coups de langue.

– Deux garçons et deux filles, annonça fièrement Patatras en présentant ses rejetons. Le prince Tromblon, la princesse Dandinette, le prince Tralala et la princesse Griffounette. Vous voyez, nous avons donné à nos filles le nom de nos deux pères. Car ces chatons sont des PLUMEAUX, Entrechats ET Chats-Puants mêlés !

Tacha se sentait ridiculement émue. La guerre était terminée, l'amour avait triomphé ! Autour d'elle, la fête battait son plein. Sardinelle joignit sa superbe voix aux chants de liesse des Chanapans. Le beau commandant Chairapaté demanda la patte de la timide princesse Croquette ; Houppette, la prétendante répudiée, celle d'un garde de Griffu ; Chabellan déclara sa flamme à la plus jeune fille de Démona. Il y eut tant de demandes en mariage, cette nuit-là, que Dr. Miaulinet procéda à des griffures d'engagement entre Chanapans, Chats-Puants et Entrechats jusqu'au lever du soleil.

Jolie-Minette se tenait en bordure de la foule, près de Toutank.

– Tu as fait preuve d'une intelligence extraordinaire !

miaula-t-elle avec admiration. Comment as-tu eu l'idée de faire passer les petits fuyards pour morts ? C'était génial !

Le chat noir gloussa.

– Je me suis rappelé mon Shakespeare, c'est tout. Ce vieux William truffait ses pièces de coups de théâtre de ce genre, non ?

Tacha sentit soudain un frisson glacé la parcourir.

– Attends ! miaula-t-elle. Les chats ne connaissent pas Shakespeare, que je sache. Qui es-tu ?

À l'instant où ces mots franchirent ses babines, elle s'avisa qu'elle s'était trahie. Toutank la fixa en silence un long moment. Puis il demanda :

– Je peux te retourner la question, me semble-t-il. Et TOI, qui es-tu ?

La lumière orangée d'un réverbère voisin faisait ressortir la forme étrange de ses pommettes. Brusquement, Tacha se rappela le portrait que son père avait sur son bureau.

– Professeur Chapollion ! couina-t-elle.

Chapitre 14

LA VÉRITÉ SUR TOUTANK

Jamais un chat n'avait paru aussi ahuri. Les babines de Toutank remuèrent pendant plusieurs minutes avant qu'il pût émettre un son.

– Tu… tu SAIS qui je suis ? bredouilla-t-il enfin.

– Vous êtes donc bien le professeur Chapollion ?

– Je l'étais, répondit Toutank. Et toi ? Tu es une humaine, selon toute évidence. Comment diable t'es-tu changée en chatte ?

Tacha fut très surprise qu'il lui pose cette question.

– Grâce à la pierre magique que vous avez envoyée à mon père. La clé du temple.

– À ton père ? Mais… J'ai envoyé la pierre à Julian Williams, mon ancien élève préféré. Sa fille n'est qu'un bébé !

Jolie-Minette sourit.

– J'ai grandi, professeur. J'aurai bientôt onze ans.

– Onze ans ! Bonté divine, comme le temps passe ! Comment as-tu trouvé le secret de la pierre ?

– Par hasard, répondit Tacha.

Le plus rapidement possible, elle expliqua toute l'histoire au vieux chat. Il l'écouta avec une grande attention, sa tête noire inclinée sur le côté.

– C'est fascinant ! déclara-t-il quand elle eut fini. Bien joué, miss Williams. Vous êtes encore meilleure élève que Julian – et il était pourtant le plus brillant de mes étudiants.

Tacha fut touchée par ce compliment, qui aurait fait un si grand plaisir à son père.

– Il vous croit mort, dit-elle.

Toutank poussa un soupir attristé.

– C'est bien ce que je craignais… Comment pense-t-on que je suis mort ?

– Mangé par un crocodile. On a retrouvé vos habits au bord du Nil.

– Mmm… Pas mal, bien que la vérité soit plus curieuse encore. Comment vont tes parents, au fait ?

– Très bien, répondit Tacha (tout en s'étonnant elle-même de tenir ce genre de conversation avec un chat). Papa vous regrette beaucoup. Il a fait un beau discours pour vos funérailles.

– Ce bon Julian, marmonna Toutank d'une voix émue.

Il se racla le gosier.

– J'aimerais pouvoir lui envoyer mes amitiés, mais ce n'est pas possible, évidemment.

Le cerveau de Tacha bouillonnait de questions.

– Vous êtes mort… Pardon, vous avez disparu en Égypte, rectifia-t-elle. Comment pouvez-vous être ici, maintenant ? Êtes-vous une sorte de fantôme ?

– Grands dieux, non ! miaula Toutank d'un ton amusé. Je suis aussi vivant que toi – si tu me permets de te tutoyer. Je vais te raconter mon histoire, mais je préfèrerais le faire ailleurs. Si mes chers Chanapans découvraient que j'ai été un humain, ils me tueraient à coup sûr. Viens avec moi jusqu'à mon bidon. Je te ramènerai chez toi, après.

Les deux humains-chats quittèrent la fête et filèrent dans les rues endormies jusqu'au repaire secret du professeur. Lorsqu'ils furent bien installés sur un morceau de laine à matelas, Toutank commença son incroyable récit.

L'histoire de Toutank-Chapollion

– Avant de disparaître, avoua-t-il, j'étais obsédé par la légende de Pahnkh, le dieu-chat, et terriblement avide de découvrir son fabuleux trésor. Ton pauvre père me croyait devenu fou (lors de notre dernière fouille, je l'ai surpris plusieurs fois derrière moi, armé d'une seringue). Or, j'avais l'esprit plus clair que jamais, et j'étais sur le point de faire la découverte de ma carrière.

» Permets-moi de te rappeler quelques détails. Pahnkh avait laissé deux clés donnant accès à son temple magique. Après une vie de recherches, je savais que ces deux clés, utilisées d'une certaine façon, permettaient d'entrer dans la chambre de l'Or. Et j'en ai trouvé une lors de mon dernier voyage en Égypte. Personne n'a voulu y croire, naturellement, mais moi, j'étais certain que cela prouvait la véracité de la légende : si j'utilisais cette clé pour me changer en chat, je trouverais aisément la seconde – et je deviendrais fabuleusement riche. Alors, j'ai dépensé tout l'argent qui me restait pour acheter la pierre d'albâtre.

» Si tu as réussi ta transformation sans peine, moi, elle m'a donné beaucoup plus de mal. Mon premier succès, après de nombreux essais, s'est produit dans ma chambre d'hôtel. Quelle fantastique expérience ! Quand tu seras plus grande, j'espère que tu écriras un livre là-dessus : cela révolutionnera la face de l'égyptologie. Comme tu le sais, devenir chat est merveilleux. J'ai passé des heures à chasser les araignées et à grimper aux rideaux. Mais, surtout, j'ai découvert que je pouvais LIRE certaines éraflures qui figuraient sur une antique pièce en ivoire. C'étaient des griffures de chat – l'écriture féline – et elles m'ont livré mon premier véritable indice : l'emplacement d'un ancien cimetière de chats situé sur les rives du Nil. L'autre clé devait se trouver là, me suis-je dit.

» J'ai soigneusement préparé mon expédition. Pour le cas où quelque chose m'arriverait, j'ai laissé une lettre destinée à ton père et des instructions pour que toutes mes possessions lui soient envoyées (je me doutais qu'il avait dû quitter l'université de Skegness, mais j'espérais que les services postaux sauraient le retrouver – et je ne me suis pas trompé !). Cela fait, j'ai mis la pierre dans ma poche et j'ai pris un train, puis un taxi qui m'a conduit à l'endroit voulu. Je me suis changé en chat et j'ai commencé mes recherches. C'est là que les choses ont mal tourné.

» Je m'étais passablement éloigné de mon tas de vêtements, quand tout à coup la fatalité a surgi sur mon chemin – sous la forme de deux touristes britanniques nommés Mr. et Mrs. Everbott. Entends-moi bien : loin de moi l'idée de critiquer ces gens charmants, qui ne pouvaient se douter qu'ils allaient ruiner tous mes plans. Ils m'ont pris pour un chat errant et ont eu pitié de moi. Mrs. Everbott (j'ai honte de le dire) pleurait sur mon sort et ne cessait de m'embrasser. J'eus beau me débattre et protester de mon mieux, cela ne servit à rien : les Everbott me ramenèrent dans leur chambre d'hôtel. J'étais fou de désespoir, je criais tant et plus pour leur faire comprendre leur erreur, mais bien sûr ils n'entendaient que des miaulements ! Et la malheureuse Mrs. Everbott me câlinait de plus belle, ignorant qu'elle couvrait de caresses et de baisers un vieil égyptologue chauve...

» Impossible de leur échapper. Mon cœur bondit quand je les vis préparer leurs valises : enfin ! pensai-je, ils allaient me libérer. C'est alors que tout est devenu NOIR.

» Je ne sais combien de temps je suis resté inconscient. Quand je me suis réveillé, j'ai cru être dans une cellule de prison. Il s'agissait en fait d'un panier à chat muni de barreaux métalliques. Je me trouvais dans une voiture anglaise, qui roulait sur une route munie de panneaux anglais, et Mr. et Mrs. Everbott étaient assis à l'avant.

» – Oooh ! s'écria soudain Mrs. Everbott. Ce petit chou est réveillé ! Ne t'inquiète pas, Bouton. Bientôt, tu seras en sécurité à la maison.

» Son mari me jeta un regard aigre dans le rétroviseur.

» – Quand je pense que cet animal a failli nous faire arrêter ! grommela-t-il.

» Je découvris plus tard que cette écervelée de Mrs. Everbott m'avait DROGUÉ et fourré dans un sac pour m'introduire en fraude dans l'avion, afin de m'éviter une quarantaine de six mois. Ses intentions étaient bonnes, mais ma clé du temple était en Égypte – et moi, dans la banlieue de Watford, changé en chat. Qu'allais-je devenir ?

» – Comment osez-vous m'appeler Bouton ! ai-je glapi, furieux. Je suis le professeur Théodule Chapollion !

» Peine perdue, évidemment. Pour me calmer, Mrs. Everbott m'a glissé une croquette entre les barres de ma prison. J'étais bel et bien PIÉGÉ.

» La maison des Everbott était plutôt agréable. Ils me traitaient comme un roi : j'avais mon panier, mon duvet, mon bol marqué « Bouton » et trois colliers différents pour aller avec les différentes tenues de Mrs. Everbott. Je ne manquais de rien, mais je n'étais pas heureux : je m'ennuyais terriblement, sans mon travail humain, et j'étais très solitaire. Les chats du quartier étaient tous des Plumeaux trop gâtés, inintéressant au possible. Il fallait que je m'en aille.

» Mon seul espoir était que ton père ait reçu le morceau d'albâtre entre-temps, seulement j'ignorais comment le joindre. Alors, j'ai décidé de me rendre à Londres et d'y retrouver mon vieux professeur Horace Venables, en me disant qu'il pourrait peut-être m'aider. Je ne l'avais pas vu depuis des années, et j'espérais qu'il était encore en vie.

» La chance m'a souri un jour où Mr. Everbott a pris sa voiture pour aller à Londres. À son insu, je me suis caché dans le coffre. Je savais que je n'aurais aucun mal à lui fausser compagnie lorsqu'il me découvrirait, car il m'aimait beaucoup moins que sa femme. Sans doute serait-il enchanté de se débarrasser de moi.

» Le voyage a été long et pénible. Mr. Everbott portait un gros hareng à sa mère – et je dois avouer que je l'ai mangé en route. L'arrivée a été scabreuse. Je préfère ne pas te répéter les mots de mon "maître", quand il m'a décoincé de ma cachette pour me jeter sur le trottoir comme une vieille chaussette. Mais une seule chose comptait pour moi : j'étais un chat LIBRE.

» Après des jours d'errance, passés à me nourrir dans les poubelles et à m'efforcer de déchiffrer le nom des rues, j'ai fini par traîner mes pauvres pattes jusqu'au numéro 14 de Tidbury Gardens, le domicile de Venables.

» – Professeur ! ai-je crié. C'est moi, Théodule Chapollion ! Laissez-moi entrer !

» Mon miaulement désespéré a fait mouche : un très vieux monsieur aux cheveux blancs a ouvert la porte, et c'était mon cher professeur. Par chance pour moi, il aimait les chats et m'a gentiment adopté. Dès le lendemain, je me suis mis en quête de l'adresse de ton père, avec qui – je le savais – le vieil Horace correspondait. Je ne l'ai pas trouvée, dans l'incroyable fouillis de ce célibataire invétéré, mais j'ai découvert autre chose : une vieille photo de Venables, prise en Égypte dans les années 1930. Et soudain, alors que je riais dans mes moustaches de le voir en short, j'ai remarqué qu'il tenait à la main… une pierre blanche identique à la mienne ! Tu imagines ma joie : LA DEUXIÈME CLÉ devait se trouver chez lui !

» J'ai passé les semaines suivantes à fouiller la maison de fond en comble, en vain. Finalement, à bout de patience, je me suis résolu à utiliser la vieille machine à écrire du professeur, posée sur une table du salon. Un soir où nous buvions notre lait chaud près des fausses bûches à gaz, comme d'habitude, j'ai sauté sur le fauteuil et j'ai tapé sans arrêt sur la touche B. Au bout d'un moment, Venables a remarqué mon manège.

» – Qu'y a-t-il, Bouton ? a-t-il demandé en se levant pour venir voir (le pauvre homme m'avait laissé ce misérable nom, gravé sur ma médaille). Pourquoi frappes-tu cette touche ?

» Je poussai un miaulement de victoire. Ça marchait ! De nouveau, j'ai abaissé la patte et tapé lentement : BONSOIR VENABLES

» Mon vieil ami faillit en mourir d'une crise cardiaque, et je dois dire que j'ai passé un très mauvais moment. Mais lorsqu'il a été remis de son premier choc, je me suis empressé de lui écrire qui j'étais, et tout est rentré dans l'ordre. À partir de là, je lui ai raconté mon histoire jour après jour, morceau par morceau.

» – Cette légende était donc véridique ! s'est-il exclamé le dernier soir, quand il a tout su. Ce temple existe bien, et le culte préhistorique de Pahnkh a bien existé aussi… Seulement, mon pauvre Théodule, j'ai une très mauvaise nouvelle pour vous : cette clé n'est plus en ma possession.

» Il ne l'avait plus ! J'ai poussé un glapissement de pur désespoir.

» – Voyez-vous, reprit-il, la pierre a été brisée pendant la dernière guerre, lors des bombardements de Londres. À l'intérieur, il y avait un petit poisson momifié. Je l'ai donné à mon chat de l'époque, pour qu'il joue avec.

» J'étais atterré. Ce poisson secret ÉTAIT la véritable clé du temple, j'en étais certain. J'ai mené mon enquête parmi les chats du voisinage, mais ils se sont montrés méfiants et n'ont rien voulu me révéler. J'en ai conclu que les chats domestiques, pour une raison ou pour une autre, avaient attribué à cette sardine des pouvoirs mystérieux, qu'ils ne voulaient pas confier à un étranger.

» Tu auras compris, je suppose, qu'il s'agit là de l'origine du culte de la Sardine sacrée, qui s'est transmis de génération en génération chez les Plumeaux (un terme que j'ignorais à l'époque). Il n'est pas aussi ancien que tu as pu le penser, car l'écoulement du temps n'est pas le même pour les chats que pour les humains : une de nos années représente sept ans pour un chat. Quant à la fameuse Guerre contre les oiseaux, dont ils ont dû te parler, il ne s'agit de rien d'autre que de notre Seconde Guerre mondiale : les chats et les chiens ont pris les bombardiers pour des oiseaux géants qui lâchaient des boules de feu (nos petits compagnons ont tendance à accuser les oiseaux de tous les maux).

» Bref. Pour ma part, ma quête s'est arrêtée là. Je m'étais habitué à mon nouvel état – et je n'avais plus envie de quitter mon vieil ami Venables. Nous étions très heureux ensemble, tous les deux, et je peux dire que j'ai adouci ses derniers mois. J'avais appris à brancher la bouilloire électrique pour lui préparer son thé, à lui griller ses toasts, et nous passions d'agréables soirées à évoquer nos souvenirs sur sa machine à écrire.

» Quand il est mort, je n'ai pas voulu d'autre humain – et je n'ai pas souhaité en redevenir un moi-même. Je suis venu m'installer ici, parmi ces clochats qui ont appris à me faire confiance. Ce sont des êtres surprenants, que personne n'estime à leur juste valeur.

Plus tard, lorsque Monte-au-ciel – ironie du destin – est venu cacher la Sardine chez Démona, qui me l'a offerte à bas prix, je n'ai pas voulu la prendre ni m'en attribuer les pouvoirs. Ma vie chez les Chanapans me comble. Ils ont besoin de moi et je n'ai jamais été aussi heureux – hormis chez mon vieux professeur.

» Alors, jeune miss Williams, quand tu m'apprends que je viens de laisser passer ma chance de réunir les deux clés et de pénétrer dans la chambre de l'Or, sache que je n'ai aucun regret. J'ai découvert plus de richesses ici, auprès de mes chers sauvages, que je n'en ai jamais trouvé chez les humains. Voilà. »

– Quelle aventure ! miaula Tacha abasourdie.

Au cours du récit, elle s'était bien demandé quel effet cela lui aurait fait, à elle, d'avoir les deux Sardines et de devenir fabuleusement riche. Mais elle avait écarté cette pensée, qui la mettait mal à l'aise. Sans savoir pourquoi, elle devinait que le trésor de Pahnkh devait avoir quelque chose de maléfique.

– Vous devriez écrire un livre, quand vous redeviendrez humain ! ajouta-t-elle.

– Cela n'arrivera pas, déclara Toutank.

– Pourquoi ? se récria Tacha. Les choses sont différentes, maintenant ! J'ai l'autre clé, vous pouvez rentrer à la maison avec moi et redevenir vous-même ! Imaginez la surprise de papa, demain matin !

Avant que le professeur ait pu lui répondre, il y eut un bruissement dans les hautes herbes qui entouraient le bidon d'huile. Une ravissante petite Chanapan pointa la tête dans la clairière.

– Ne crains rien, dit Toutank à son invitée. C'est juste ma onzième épouse. Je suis à toi dans un instant, chérie ! lança-t-il à l'arrivante.

La jeune femelle acquiesça et disparut dans les herbes. Toutank parut un peu gêné. Il se lécha la patte.

– Ma décision te surprend, apparemment.

– Bien sûr ! s'exclama Tacha suffoquée. Je pensais que vous rêviez de redevenir humain. Voulez-vous dire que vous préférez RESTER UN CHAT ? Pour TOUJOURS ?

– Essaie de comprendre mon point de vue, dit le professeur. Qu'est-ce que le monde des hommes a à m'offrir ? Ma carrière est finie, je n'ai plus un sou et quand j'étais Théodule Chapollion, je n'avais aucun succès auprès des femmes. Je n'ai jamais eu de petite amie. Alors qu'en chat, je suis un vrai séducteur, à ce qu'il semble. Les candidates font la queue pour m'épouser ! J'ai dû établir une liste d'attente.

– Donc, vous ne voulez pas rentrer avec moi, conclut Tacha, déçue. Je me faisais une telle joie de vous ramener à papa !

Toutank sourit et lui tapota la tête de sa patte.

– Ne sois pas triste, miss Williams. Dis à ton papa

que tu as fait un très joli rêve à mon sujet, et que je t'ai assuré que j'étais très heureux. Évite seulement de mentionner mes onze épouses…

– D'accord.

– Et n'oublie pas de préciser à Julian qu'il peut être très fier de sa fille. Je n'aurais jamais imaginé que tu puisses utiliser la pierre aussi aisément. Il faut croire que tu as un don particulier pour ce genre de travail. Ce fameux livre, c'est toi qui l'écriras, quand tu seras adulte.

Il se leva.

– Maintenant, jeune fille, il est grand temps que je te raccompagne. Le soleil va se lever.

– Est-ce que je pourrai revenir vous voir ? demanda Tacha.

– Suis mon conseil, répondit Toutank : ne te change plus en chatte.

– Plus jamais ? se récria Tacha. Pourquoi ?

– Le chat noir que tu vois quand tu utilises la clé est Pahnkh, expliqua le professeur. Il est très habile et maintenant qu'il a perdu son pouvoir sur les Égyptiens, il n'a rien d'autre à faire que de semer le trouble parmi les chats. Celui de Venables a dû le réveiller d'une façon ou d'une autre quand ce pauvre cher homme lui a donné la Sardine. Depuis, je parierais que Pahnkh a fait naître cette guerre entre les Entrechats et les Chats-Puants dans le seul dessein de s'amuser.

Tacha se remémora soudain la fin de la bataille chez les Baines, et un détail lui revint.

– Est-ce que les différentes odeurs des chats viennent de Pahnkh ? demanda-t-elle.

– Bravo, miss Williams ! En plein dans le mille ! Oui, Pahnkh avait le pouvoir de donner à chaque clan une odeur qui terrifiait ou qui révulsait l'autre. Cela aurait pu durer éternellement. Par chance, une force bien plus puissante que lui est intervenue.

– Laquelle ?

Toutank sourit d'un air rêveur.

– L'amour, répondit-il. Rien de plus. Il a commencé à perdre ses pouvoirs quand Patatras et Chaparda sont tombés amoureux l'un de l'autre. Puis la première Sardine a été détruite, et ses effets maléfiques ont été presque réduits à néant. Je doute qu'il essaie encore de semer la zizanie parmi les Plumeaux de cette ville, à présent.

– Si Pahnkh n'est plus dangereux, qu'est-ce que je risquerai à me changer en chatte ? insista Tacha.

– Ce sera peut-être moins périlleux pour toi, en effet, néanmoins je ne te le conseille pas, répéta Toutank d'une voix douce. Au bout d'un certain temps, tes instincts félins finiraient par influencer ta nature – tu n'as qu'à voir mon exemple. Les chats ne sont pas une compagnie vraiment souhaitable pour une fille de dix ans. Ils ont leurs limites, tu as pu t'en rendre compte.

Tacha baissa sa petite tête rousse. Ne plus être Jolie-Minette lui manquerait beaucoup, mais, au fond d'elle-même, elle savait que le professeur avait raison. Chaque fois qu'elle se transformait en chatte, elle « pensait » un peu plus comme un chat – et à chacune de ses transformations, elle avait un peu plus envie de prolonger l'expérience. Pis encore, elle s'était rendu compte qu'elle commençait à changer même lorsqu'elle redevenait une fille. La veille, n'avait-elle pas eu envie de tourmenter un pigeon, juste pour s'amuser ? Un jour, si elle n'y prenait pas garde, elle finirait par « oublier » de redevenir humaine. Et contrairement au Pr. Chapollion, elle préférait quand même rester Tacha Williams.

– Console-toi ! lança gentiment Toutank. Tu me reverras dans les parages et je te laisserai toujours me caresser. Il se peut même que je passe te dire bonjour, cet été, quand tu seras dans ton jardin avec tes parents. Tu ne révèleras pas mon nom, bien sûr. Mais tu sauras qui je suis, et tu pourras être sûre que je pense toujours à toi.

– Vous avez été si gentil, dit Tacha. Est-ce que je pourrais vous apporter quelque chose, pour vous remercier ?

– Un paquet de bâtonnets à la viande ferait l'affaire, répondit Toutank. Je suis encore capable d'apprécier une gourmandise de Plumeau. Tu pourrais peut-être aussi me procurer un jeu d'échecs miniature, afin que je forme les plus intelligents de mes Chanapans. Je vais avoir du temps, maintenant que les voisins ont décidé de cohabiter en paix.

Le samedi matin qui suivit – le premier jour des grandes vacances –, Tacha et Lucy allèrent acheter le jeu d'échecs et le paquet de bâtonnets. Mrs. Williams les avait inscrites toutes les deux pour une semaine d'activités dans un grand manoir des environs appelé Pofton Hall. C'était le genre de chose qui aurait terrifié Tacha autrefois (sa mère ne cessait de lui demander : « Tu es SÛRE de vouloir y aller, Natacha ? »), mais à présent qu'elle avait une meilleure amie ce projet l'enchantait. Le programme comportait de l'escalade et du canoë, et ses expériences félines avaient fait d'elle un vrai casse-cou. Il restait en elle assez de Jolie-Minette pour qu'elle brûle de sauter, de grimper et de se lancer dans les plus folles aventures. En plus, Lucy et elle avaient toujours des tonnes de choses à se dire – même si les chats n'occupaient plus la première place dans leurs conversations, désormais.

Emily était assise sur le mur devant chez elle.

– Elle traîne toujours dehors, celle-là, marmonna Tacha.

– On peut passer en vitesse, sans lui parler, dit Lucy.

Tacha soupira et secoua la tête.

– Non. Je me sens encore horriblement coupable d'avoir gâché son anniversaire.

Elle s'efforça d'arborer une expression amicale.

– Salut ! lança-t-elle.

À sa grande surprise, Emily sourit.

– Salut.

– Lucy m'a raconté, pour ton anniversaire, dit Tacha en s'approchant. J'ai vu la photo de votre canapé éventré dans la *Gazette de Bagwell Park*. Ça a dû être affreux. Je… j'espère que tout va bien, maintenant.

Emily la surprit encore plus en gardant son sourire.

– On a été assez terrorisés, sur le moment, mais tout est rentré dans l'ordre, finalement. Maman est enchantée, parce que l'assurance lui a payé un canapé et des rideaux neufs. Elle adore décorer.

– Et ton père ? demanda Lucy.

– Oh, lui ! Au début, il a été furieux, parce que personne ne voulait le croire. Mais ensuite, quand toutes sortes d'experts en comportement animal sont venus à la maison pour essayer de comprendre ce qui s'était passé, il s'est mis à se passionner pour les chats. Bientôt, il sera aussi un expert !

Elle se tourna vers Lucy.

– Ta chatte est morte, non ?

– Oui, répondit Lucy, un peu raide.

Mais Emily ne préparait pas un de ses mauvais

tours. Elle voulait juste savoir si elle ne désirait pas prendre un autre chat.

– Les gens du numéro 7 ont des chatons adorables ! expliqua-t-elle.

Tacha donna un petit coup de coude à Lucy. Le numéro 7 était la maison de Chaparda.

– Il leur est arrivé un truc assez bizarre, poursuivit naïvement Emily. Leur chatte a disparu pendant des jours, paraît-il, et puis un matin elle est revenue – avec quatre bébés !

Les deux copines hochèrent la tête d'un air intéressé. Elles n'osaient pas se regarder, de peur d'éclater de rire.

– Marcus Snow, du bar, en a pris un, continua Emily. Son Grosminet ne reviendra pas, apparemment. Et vous savez quoi ? Attendez…

Elle sauta à bas du mur et se précipita chez elle. Tacha et Lucy échangèrent un haussement d'épaules et attendirent. Quand Emily revint, elle était accompagnée de son père, qui tenait quelque chose dans ses mains, avec précaution.

– Voici le dernier arrivé, les filles ! annonça-t-il joyeusement. Nous ne lui avons pas encore donné de nom.

Lucy et Tacha se penchèrent et découvrirent un mignon petit chaton, déjà dodu. Soudain, il ouvrit ses yeux bleus et éternua.

– C'est le prince Tromblon ! s'écria Tacha sans réfléchir.

Lucy lui donna un coup de coude corsé, cette fois, et elle devint cramoisie. Les Baines allaient la prendre pour une folle.

– Tromblon ? répéta Emily. Oh, oui, c'est parfait ! Est-ce qu'on peut l'appeler comme ça, papa ? S'il te plaît !

Mr. Baines se mit à rire.

– Pourquoi pas ? Ce nom semble lui convenir.

Emily caressa du bout du doigt la petite tête marron et blanc.

– Tromblon… Tu vas me manquer, à Pofton Hall.

Tacha et Lucy se jetèrent un coup d'œil affolé.

– Mais non, dit Mr. Baines. Tu seras trop occupée à t'amuser.

– Je ne connaîtrai personne, se plaignit Emily.

– Si, nous ! dit Lucy. Tacha et moi, on y va aussi.

Emily parut nerveuse, tout à coup. Tacha n'eut aucun mal à deviner ce qu'elle pensait : à Pofton Hall, elle n'aurait pas sa bande avec elle ; et si ses deux anciennes souffre-douleur décidaient de se venger, sa semaine virerait au cauchemar. Mais si les Entrechats et les Chats-Puants avaient pu faire la paix, pourquoi ne la feraient-elles pas avec Emily ? se dit-elle. Et elle se retrouva en train d'adresser un grand sourire à sa vieille ennemie.

– Ça sera super ! affirma-t-elle.

– Tu vois ! fit Mr. Baines rayonnant (depuis « l'incident », il était beaucoup plus aimable et hurlait beaucoup moins). Tu auras deux camarades de classe avec toi. Qu'est-ce que tu peux rêver de mieux ? Bon. Je dois rentrer ce jeune Tromblon, maintenant. À une autre fois, les filles !

Tacha et Lucy dirent au revoir et s'empressèrent de tourner le coin de l'avenue.

– Mince, alors ! fit Tacha. Je vais à une semaine d'activités avec cette punaise d'Emily Baines, et ça ne me fait ni chaud ni froid. Comment tu expliques ça ?

– Elle a dû se rendre compte, comme toi, que c'était plus facile d'être copines, finalement, répondit Lucy. Les chats ont bien fait la même chose.

– Oui, c'est exactement ce que je me disais, acquiesça Tacha. Puisque les Chats-Puants ont réussi à ne plus être méchants, il n'y a pas de raison qu'Emily n'y arrive pas aussi.

Lucy sourit.

– Conclusion : quand les chats montrent l'exemple, les humains suivent ! Regarde ces deux-là : à Pofton Hall, vous serez pareilles, Emily et toi !

Elle désignait le milieu de la route. Côte à côte, la tête haute et la queue en l'air, le général Cogneur Duracuire et Griffu Chat-Puant se promenaient tranquillement. Tacha éclata de rire.

– Oui, si Cogneur peut devenir l'ami de Griffu,

alors tout est possible !

Cette histoire s'était rudement bien terminée, pensa-t-elle. En l'espace de quelques jours, il n'y eut pratiquement plus aucune différence entre les Entrechats et les Chats-Puants. La disparition de la Sardine sacrée avait fait des miracles pour l'harmonie féline. Et Griffu allait vivre avec son petit-fils ! Les chatons de Chaparda et Patatras étaient de vrais petits symboles vivants de cette nouvelle unité.

– Je me demande ce que Griffu et Cogneur peuvent bien se raconter, murmura Lucy, pensive. As-tu vraiment renoncé pour toujours à te changer en chatte ? Tu n'es pas tentée de recommencer juste une fois, de temps en temps ?

Tacha secoua la tête.

– Ça m'a beaucoup manqué au début, mais au bout de quelques jours mes instincts félins ont commencé à s'estomper. Peut-être que la magie disparaît quand on ne s'en sert pas. Et je pense vraiment que le professeur avait raison : j'aurais pu prendre goût à la vie de chat au point de ne plus savoir être humaine !

– Être un humain a ses avantages, je suppose, dit Lucy.

– Oh, oui ! affirma Tacha. C'est bien plus amusant d'être une fille.

Le morceau d'albâtre qui contenait la dernière Sardine sacrée était caché au fond d'un tiroir de sa commode, sous ses sous-vêtements, bien enveloppé dans un vieux foulard. Tacha n'avait pas du tout l'intention de redevenir Jolie-Minette, mais elle se disait qu'il valait mieux garder la pierre, si jamais le Pr. Chapollion changeait d'avis. Pourtant, certains soirs où la brise lui apportait un bouquet d'odeurs félines, ou quand il lui semblait sentir des moustaches fantômes chatouiller ses joues, elle se rappelait quel bonheur elle avait eu à être une chatte. Et, tout au fond d'elle-même, elle savait bien qu'un jour elle en serait une à nouveau.

Kate Saunders

Kate Saunders exerça le métier d'actrice jusqu'à l'âge de vingt-cinq ans puis elle se mit à écrire. Elle est l'auteur de six romans pour adultes et a publié une collection de nouvelles. Pour les enfants, elle a également écrit la série « Les Sorcières du Beffroi», qui a fait l'objet d'une adaptation pour la télévision anglaise à la BBC.

Kate Saunders est aussi journaliste au *Sunday Times*, au *Daily Telegraph*, à l'*Independent* et au *Sunday Express*, et à la radio sur la BBC 4. Elle habite à Londres avec sa famille et ses trois chats.

Frédéric Borralho